序

用〈嗚咽海〉一文來代書名，好像是順理成章的事。輯於行世篇中的各文；從發表的時間順序上來說，它是最早的一篇。而各文中所通涵的體驗：人世流變、運命轉折、歷史興廢、以及種種文化生命上的殘痕遺跡，也可藉〈嗚咽海〉一文來啟端倪。

書分上下二輯。行世篇所屬上輯的文字稍傾於知性。下輯觀想篇的各文則略偏於感性。所以概為「稍傾」、「略偏」，是因為知性中也涵有憫物悲人的感性成份。而感性中也不乏思維理悟的知性抒發。對我來說；寫作的始源動力，是因為善於「感」、敏於「想」。而寫作進行中的推力，則必須勤於「知」（如查尋聯想到的有關資訊）、勉於「思」（如專注行文，疏貫思路、釐清詞意）。

不管什麼知識理念，重要的是透由思考而使之和自己生命發生關連。沒有關連，就不會對自己產生意義；不生意義，也就不會引發感想。一旦有了感想，便會在知性文字的骨骼上形成血肉的溫潤。

至於感性的文字，如果僅為個人經驗情緒的繪錄，便難免流於一則生活「舊聞」。如果從中有所感悟思索，文字血肉中便突顯出脈絡肌理，完成一段人生體驗。

不論是知性或感性的寫作，在文字的應用上，我是贊同「修辭立其誠」的。作者不管具備了怎樣的辭采風華，如果寫作不是出自真誠摯切的感思，終不免流於虛文而成造作。只有在理壯情豐的情狀下，作者的辭采才能生動地流露。

就我個人的寫作經驗來說，感性式的篇頁，常可一氣呵成。一旦涉及理念議論，常不免頓挫而勉力完篇。平時累積的知識、經歷、體察……在開始執筆時，有如一團亂麻，必須在全神貫注中搓理融會，使之形成自己的思想路線。有時，在僅僅一段文字的完成後，筆下已掃過了好幾個鐘頭。這時如果開口說話，聲音是啞的。幾次同樣的經驗後，切實體認到「筆耕」的用意。也警然惕悟：心由體載，體由心使。心力體力，精神肉體，無法截然而分。不但不可分，且是二而一。

年輕時的寫作，難免有時自炫才華，甚至有時是由於發表欲的驅使。年歲漸長，閱歷加繁、思維趨深，反而愈來愈覺得寫作是一件難事。有時，簡直像是一種負有責任感的嚴肅「工作」。寫作的終極目的，在於創造完成一項「作品」。這件「作品」，不為藏之己用，而是奉諸人世。影響所及，誰料果果因因?對自己的策勵嚴了，作品也就愈來愈少。

我的作品多半發表於海外報章（美國《世界日報》），也擁有一定的讀者群。發表於國內的作品，只偶而見報。儘管如此，卻也不乏知音。

馬瑩君女士是國內的知名作家，我們僅有一面之緣，但她讀我在國內發表的文章或出版的文集，卻是持續有年了。近年來，馬瑩君用文學的筆觸，探討兩性問題，廣受讀者界注意。她在工作之餘的所有假日，都填滿了演講或座談的檔期。儘管百忙，她竟然能仔細地讀完我的兩本書：《心虹》（香港天地版）、《長江的憂鬱》（時報文化版），而且讀後抒感，發為文章。

〈程明琤其人其文〉這篇長文的剪報，是朋友蘇遠亮寄給我的。一方面，我固然驚訝馬瑩君取用的文題如此直截了當，另方面，我也驚訝她觀察的敏銳、體認的深刻。她點出了我一向的想法：作品就是作者。不管寫作也好，或者藝術創作，內在沒有的東西（無論情思、慧悟、韻致、見地……），也就根本無法表達於外。風格，終極也是人格。我將這篇長文收錄書後作為代跋，文中談的雖是我的其他二書，而二書筆調文韻，同出心譜，也就不妨當作是《嗚咽海》的迴響。

《嗚咽海》是我的第十本書冊。「十」，在古老的中國數字觀中，是一個圓滿的整數。我將它代表我在寫作上的一大段落。不過，終點也是起點，以後的筆耕是另一段進程，也是另一段人生。

更要一提的是：三民書局的文化宏旨。三民叢刊是整個文化大業下的一個環節。看不見的，還有三民研究部門的遠景策劃；更看不見的，還有三民書局創辦人劉振強先生推動護持文化的苦心。走進復興北路的三民大樓，恍如踏入一座四庫書殿，古今中外，包羅繁富。樓中靜穆的氣氛，整潔的空間，愛書人不僅可以移步飽覽，還可以就地久閱。坐在設置方便的椅凳上，瀏覽濡攝之餘，樓外的花花世界早已不成其為誘惑了。代替的，是求知的心情、讀書的志趣、更上「層樓」的心靈闊視與遙瞻。

我但願《嗚咽海》也能盡一份相似的功能。

這本書是由資深作家琦君和她先生李唐基一并向三民書局推介，深情厚意，於心永銘。而三民書局，最初則是韓秀女士向我力薦。《嗚咽海》得以出版，有值得思量的因緣。

嗚咽海 目次

序

上輯 行世篇

嗚咽海 3

霧失樓臺 19

廬山之夜 27

廬山真面目 35

格拉泊歌斯——經驗與探索 51

推不動命運的手 67
馬德里走馬 79
塞歌維亞的黃昏 89
唐吉訶德的故鄉 99
清瓊的藍月 111

下輯 觀想篇

夜步 121
葬秋 129
雲山拓慧命 135
夜睹明星 147
黃花 155
卻喜空山布法雲 163
春去有痕 169

說山中話 173
眾生有病 185
——夜讀《維摩詰經》
程明琤其人其文 馬瑩君 195

上輯

行世篇

嗚咽海

灘沙如雪

五月時分，華府區郊野，夏意漸濃，繁春初謝。我束裝飛往墨西哥東南尤克敦(Yucatan)半島邊的「坎坷」(Cancun)。半為度假，半為尋訪。坎坷？所以將Cancun音譯而成「坎坷」，是因為觀遊附近內陸馬雅(Maya)廢墟的聯想。五百年來的馬雅文明，在全世界學者的考古發掘及研究中，許多現象，迷思難解。馬雅文明的歷史路，始終坎坷。

我對馬雅路的探索，就是從「坎坷」開始的。其實，「坎坷」地方，是聚全世界遊客於一岸的觀光休閒勝地，可以說是墨西哥旅遊業中，一個最重要的經濟來源點。面對加勒比海的「坎坷」，延綿遞接的海岸線上，艷陽似金，灘沙如雪。

「坎坷」市容不算大，但夜總會、商場、銀樓櫛比蔚然。導遊指南上說，二十多年前，「坎坷」只是一個破落的漁村。後因附近馬雅廢墟的發掘，沿岸海灘的白潔，觀光業迅速發展而成今貌。海岸邊旅館林立，形成旅館道特區(Hotel Zone)。車行而望，一路豪華。

落腳的一座旅館，名叫雪瑞邨(Sheraton)。地板建材全是白色的大理石，看來光潔而沁涼。而熱帶氣溫，在石面上形成微潤的潮意，也許正因此吧，連客房中也是沒有地毯的。

開門進入六樓的客房，迎面而來的是加勒比海的波光和晴藍。放下行囊後，為舒展一下長征的疲乏，斜倚床頭向窗外閑眺。海天遠處的水平線上，有白色的海船，沿著天海相連的弧線移動，顯得那樣慢，好像老也穿不出那方窗檻框住的水天。

梳洗整頓後，已近黃昏。下樓去旅遊社安排了兩天觀遊馬雅廢墟的行程。然後，閒步迎風，走到海灘邊的餐廳，選了靠窗的席位，眺海候餐。窗外，夜已降臨。

餐飲間偶一側首，黑暗的海洋上，出現一道金粼粼的水光，由遠涯直達近灘。訝異中抬頭而望，黑絨絨的天幕上，掛著將滿未滿的月環，光華如照，映成海面上的波光道。而海潮，由遠而近，捲起灘邊的「千堆雪」。

特意不把窗幔拉上，讓窗檻勾勒出加勒比海的夜空。一顆大大的夜明星（啟明星？北斗星？）閃在那方窗檻的西北角。我莞爾漫想：在無奇不有的後現代「裝置藝術」中，誰在為我裝置這一窗的淒迷？

黑暗中，可以聽見海波擊岸的聲音。波起波滅，濤音不絕。仔細聽，不絕的濤音中夾雜著隱約斷續的異聲，像喉頭哽住的嗚咽。久久，我尋索這異聲的來源，知道那是黑夜海洋上的天風，掃窗而過時，在鐵檻中造成的微響。

那晚，星辰、濤音、天籟，一齊送我走進夢鄉。

馬雅高古

兩日的馬雅路，行行復行行。儘管滿身塵熱，而心裡卻含藏蒼涼和淒冷。因為，我的遊訪，原也是我的憑弔。

觀遊中的兩處馬雅古跡遺址，一是「苛疤」(Coba)，另是「淒清尼殺」(Chichen Itza)。在墨西哥境內，是最大的兩處馬雅文明廢墟。而淒清尼殺，更是遊客足跡最多的訪地。

先說苛疤。

「苛疤」行程，轉折崎嶇，歷經三個多小時才到達。「苛疤」原是湖名。至今，浩瀚的熱帶林海間，仍存在著馬雅年代的五個大小湖泊。「苛疤」是其一。當年，馬雅古城就是環建於這些湖泊的沿岸。曾經，這座湖泊城區，是馬雅文明中最大的城市，也是馬雅文明中匯聚了商業、宗教、和人口的中心地。

至今，見證這廣大城區的建築古跡，多達兩萬餘座。此外，貫連這城區的道路系統，仍留存著四十五條「沙白」路。所謂「沙白」(Sacbe)路，是由石灰石建造而成，高出地面數尺，在莽林綠野，自成瑩白。考古學家證研出，這條條「沙白」路，都通接著以金字塔為主的宗教中心所在。最長的一條，達六十二英里。

不過，我們行經的途路，並非「沙白」，而是「沙灰」。那是由莽原密林間開闢而出的捷徑，通往兩座大型的馬雅古塔。林徑上的沙石泥灰，在眾多的腳步中揚起，加上熱帶莽林夾掩，無風吹拂，酷炎蒸悶，令人有一種窒息眩暈感。早有警告在先：人人必須在入口處買一瓶礦泉水，一路啜飲解渴，才得免於不支。

行進間，不時可見林藪間聳立的大小金字塔。塔身石縫中長著雜草荒蒿。有時，塔前有巨石碑刻豎立，碑文的字跡，有些尚可辨出。據云，馬雅文學者已解出六百多個古字。塔前碑刻無非歌功頌德類，但因紀有年月日，是供馬雅歷史研證的重要資料。

據學者們考證，「苛疤」湖泊古城區，始建於西元前四世紀。十六世紀中葉，西班牙人進征墨西哥境域後，淪為廢墟而藏於浩莽茂林間。直到一八九一年，偶爾被一個叫馬勒(Teobetto Maler)的探險攝影家發現，消息傳開後，驚動研究馬雅文明的學者。於是，陸續地，「苛疤」廢城在考古學者、華盛頓州立坎墨奇研究所(Camegie Institution of Washington)，以及墨西哥考古歷史學術院的共同開掘之下，逐漸完成當今的古跡區劃範圍。而「苛疤」古城區的範圍究竟曾有多大，尚未予以定論。

也許是由於資源人力以及地勢氣溫的種種限制，至今可以抄捷徑往觀的幾座主要古塔，仍是處於半復修狀態中。其中最高的一座名叫諾賀奇姆(Nohoch Mul)，是整個尤克敦半島上馬雅世界中最高的金字塔。此塔也因修復未果，塔身一半仍處於叢藪荒莽中。另一半雖經修復，一百二十級的石塊，也參差凹凸。由塔下上望，一百四十英尺的高度，逐漸由寬而窄，聳入雲天虛渺，爬著那千古塔級，好像爬著可以攀空的天梯。

天梯攀盡後，才見塔頂有小型廟宇。廟宇兩側上方，雕著四肢朝天而下降的神祇形象。仰望時，不禁莞爾。馬雅人的想像，何其天真樸拙！而他們表現在天文學、建築學（後述）上的心智，又何其精深高遠！塔頂廟前，雖然已高處於莽原之上，依舊無風散涼。在廟宇陰影的石塊上，我坐著，極目四望，盡是林海。而綠濤無波，只沉寂淹埋著馬雅文明依舊如謎的過往。

然後，然後我去「淒清尼殺」。

「淒清尼殺」(Chichen Itza)處於尤克敦半島的北岸，哩程上較「苛疤」更遠，但因有公路直達，行程時間相彷。比起「苛疤」，「淒清尼殺」發掘修葺得十分完整，入口處有博物館、販賣處及辦公室。目前的觀遊面積約八公里，但原址所占面積究竟多大，也一樣尚未定論。不過，僅就已修復的古跡來看，已有令人難以置信的宏大和神奇。

復修完整而又最具規模的古跡，有球儀苑(The Great Ball Court)、千柱壇（亦稱戰士廟Temple of Warriors)，以及那座舉世知名的天龍塔（英文稱之為Castle)。

球儀苑的大小相當於一座美式足球場，三面牆垣上建有觀察臺和祭壇。據學者考證，這座球苑並非一般的球戲場所，而是長老祭師裁決部落間爭戰的最後法場。方式是以球戲進行。兩隊各有七人為組，象徵天上的七個星座。最後的勝利隊員，於榮享勝利歡呼後，即殉身祭壇，成為天上七星的七個光榮使者。雖死卻榮，樂意殉身之後，部落間的爭戰，便在哀思中平息。球苑牆基上，刻著圖畫以紀典儀。站在牆基邊，以手擊掌成聲後，在苑牆間所成回聲也是七響。證實著馬雅人對物理學的充分掌握。

千柱壇在英文中所以稱之為「戰士廟」，不過是因為壇前千柱上刻有許多戰士模樣的形象，除此之外，也刻有虎豹之類的猛獸，可見非僅紀念戰事。壇前千柱，在日照下森嚴投影，意味上是一處森羅禁地。

壇高三十九英尺，但石級陡窄，攀登非易。石級盡處，有巨蟒（或龍）昂首突空。入口處各有戰士形象石雕分列。中有一座屈膝支身，雙手作捧物狀的人像雕刻。這種形象的石雕，常見於馬雅神廟的入口處，學者認為，這種典型石像，可能是擺祭或置寶貴儀物的象徵守護者。這個護祭者雕像之後，便是壇頂廟宇的正式入口。大門左右各有尾上頭下的巨蟒，張口露牙，由天而降。馬雅語稱此蟒為Kukulcan，英文稱之為Feathered Serphent。看樣子，倒很像中國神話中的龍，所謂Feather（羽），狀似龍身的鱗，誇張而作長圓形，恐也因此而誤想為「羽」吧？

兩條「天龍」守護的廟門之後，就是廟殿所在地，今已空無一物。殿後端有石雕侏儒頂起的祭壇。壇後牆垣早已摧毀，代替的是不盡的高遠雲天。這個千柱壇的確切功能和意義，尚未定論，但它的神聖地位是十分明顯的。

最神奇宏偉的，就是那座「天龍塔」了。英文所稱Castle一詞，是風馬牛不相及的泛語，空無一義。這座塔，歷經數年之久，在科學家、天文學家、建築學家等的共同觀察、計算、推理，才最後確定了塔的意義和功能。

「千柱壇」的龍頭戰士及石柱

「淒清尼殺」的曆塔及由光影形成的「金龍」(塔陰間的光波)

原來，「天龍塔」是古代馬雅人用以紀年月日，以及歲月季節推移的曆塔。塔高七十九英尺，塔身四面九層。每面正中，另建石級梯道，上引而達塔頂廟宇。塔的正面為南向傾西。梯道底有巨石所雕龍首，分處梯道入口左右。

天龍塔的龍首緊接梯道左右的石緣而形成龍身。每面梯道都是九十一級，合四梯級共成三百六十四級，加上最後塔頂共同的一級而成三百六十五級。塔的紀年功能和曆算意義，由此而見端倪。

此外，塔身所居方位和大小造型，也是經由確切天文觀察和精密數學推算而擇地建構的。太陽在塔身不同方向的投影變化，意味出地球的轉動和季節的推移（熱帶地區無季節顯著變化）。

每年，太陽兩度通過赤道時，晝夜等分。在「淒清尼殺」所居緯度和地域的曆算中，為四月六日及九月六日。在這兩個晝夜等分的日子裏，下午五時至五時半之間，是馬雅「天龍下降的時辰。

所謂「天龍下降」是這樣的：

在五時和五時半的時辰中，照在九層塔級上的陽光，透由角度陰影，在形成龍身的梯道石緣上，映成略成三角形的金輝，輝輝遞進，起伏迤邐，接上緣底龍頭，形成一條由天而降的「金龍」。

這兩個「金龍」下降的日子，原是馬雅人春耕和秋收的大節慶。而這神聖的慶典日子，早已隨著馬雅文明的消滅而湮逝，代替的是成千成萬的遊客，在這每年兩個特殊日子的特定時辰中，來到「淒清尼殺」天龍塔前的廣場中，屏息見證這稱之為 Astronomical Light and Shadow Phenomena的奇象。

馬雅「龍」，又依時下降了。問馬雅魂，何時再現？

月夜白魂

在「坎坷」的最後一個夜晚，正當滿月時分。

太陽下山後，天還沒有黑。我站在窗畔閒眺，加勒比海從天邊奔來窗前，慇懃惜別。舉目而望，海藍連接天藍處，愁慘慘地掛著一輪淡淡的月光。窗檻邊，隱約的濤音裏夾著斷續的風嘯，如泣如訴。

我轉回浴室，洗髮沐浴，除卻竟日觀遊後的滿身塵熱，換上一襲白色的薄綢衫，準備去餐室晚飯。

飯後，走出餐廳，想去海灘作一回閑步，鬆活一下筋骨。正尋找去海灘的通路時，瞥見園林一角的照明中，豎著一道指標牌。走近看時，有箭頭左指，說是由此左行上攀即可去到「廢墟」。並加註警告：廢墟屬墨西哥中央政府管理，旅館不負任何意外傷亡之責，遊客攀爬自行小心。我於是打消了去海灘的原意，順指標取徑而往廢墟。

原來，雪瑞邨旅館的當今建地，原是古代一個馬雅村落所在。旅館建造時，依政府文物保管法，不能將廢墟古廟輾平，並保存了古廟所踞的海岩絕壁。

沿著沙岩小徑，拾級上行，轉折攀爬，愈行愈高。耳際濤音和風嘯，也隨著高度轉厲，腳下沙岩也更形崎嶇。小心翼翼地，攀著徑邊鐵鍊欄杆，想著指標上所云「意外傷亡」的字樣，不免愈走愈覺心驚。

終於，我來到海岩絕頂，四周照明中亮出一座小型馬雅古廟，已破損不堪，只殘垣斷柱，參差擎空。

來到古廟正門階下，一抬眼，殘垣斷柱間，赫然有滿月孤懸。正佇望靜觀，一架降往「坎坷」機場的晚班飛機，轟然穿空輾月而過。我顰眉轉首，痛這龐然怪物，「殺」了眼前清景。終於，機聲去遠消失。我回到階前，天風濤音未絕，明月依舊。

拾級走上古廟，一陣海風橫掃，髮飛衣揚。側首攏髮掖裙之際，瞥見殘垣斑壁間，恍然有白衣女子的身影，倏然飄逝。心中一驚，這海岩絕頂，除了我，原別無人跡。記起了每夜窗畔的嗚咽，真的是海風的吹嘯麼?還是……還是因為這古廟馬雅的幽靈?這樣一想時，心中頓然而起寒意。於是急步下階，沿原徑走下廢墟。

燈下，心不能靜，就取出有關馬雅文明的手冊和書籍，一本又一本地隨意翻閱。夜漸深了，我倦極就寢。

曚曨間，似有白光閃爍窗前，還沒來得及睜眼，一個白衣女子的身影已姍姍來前。她舉手示意毋驚，然後她俯首嘆息，耳邊傳來她的聲音：

請別驚懼，妳，尊貴的炎黃女子啊，適才，我們在海岩廢墟曾經相遇。從妳的低徊顰眉中，我看出妳內心的溫暖和同情。

妳，何其幸運，不管妳如何漂泊遨遊，妳不會孤絕。只要閉目，一尋溯，妳的心靈，便可像鮭魚，躍回生命的源頭，在那裡，妳便可從容細數，歷史上祖先的耕耘建樹，花果遍植炎黃土。

而我們，悲哀的馬雅魂，往返的只是海上的月光路，兩頭空絕!我來，不為別的，只為想透過妳的筆墨向世人昭揭我們的災難和浩劫。

五百年前，我們的祖先，或在征服者的酷虐下死以萬千，或在權勢的驅使中，被迫忍辱成奴。他們的新城藉我們的役力平地而起。我們的古城因他們的驅逐荒為廢墟。然後，就是那個捏造的啞謎——說什麼，馬雅人在文明高度發展後，忽然消失無蹤！揭開這個啞謎吧！我們的子孫仍生存著，雖然大都遠處僻壤郊野。我們的語言，依舊鮮活。而這個啞謎的始俑者，是天主教會。為「清洗」異教，他們對我們的文化作出制度性的全面破壞。成千成萬的馬雅古籍，焚燒殆盡。

幸運的炎黃女子啊！假如有一天，妳能讀到我們僅存的三部馬雅殘卷，並且發現卷本中似曾相識的理念價值，那麼，我們便好比同族同裔。而馬雅魂的漂泊空絕，便因妳的人類同胞愛而落實沉潛。

別了，尊貴的炎黃女子，請記取今夕……

次晨，天色微明，我梳洗整裝，準備離去。記起昨夜種種情景，我疑忖著：我真的曾聆聽一個馬雅魂的泣訴麼？還是，我在傾聽自己內在的起伏心潮？走過一個高度文明淪為廢墟的荒涼，也許，我因同情悲憫而投入認同。而在生存的現實中，面對馬雅文明的屈辱浩劫，我，一個炎黃古裔，又何止尊貴和幸運？

後記

返回維州郊寓的飛程中，我重新檢讀有關馬雅的手冊和書籍。其中包括四版重訂的《馬雅人》(*The Maya*)；著述者為邁可高艾(Michael D. Coe)。另一本是三版重訂的《馬雅——在啞謎中重新發現的失落文明》(*Maya–The Riddle And Rediscovery of a Lost Civilization*)；著述者為查爾加侖坎普(Charles Gallenkamp)。兩者著述中所列資料來源，十分繁複。其中重要資源所據之一，是當年西班牙教會「清洗」異教的過程記錄。在「清洗」的有效手段中，有一項這樣描寫：

> 將馬雅人灌水以至腹脹如鼓，然後立身其腹踩跳，直到血水噴流七竅而出。七竅流血流水的馬雅人，要麼當場死亡，要麼當場改信天主。

「清洗」異教的最大功臣，就是後來成為墨西哥境內的主教諦亞哥德郎達（Diego de Landa)。這個「聖職」人士，除了「清洗」手段的酷厲之外，更計畫周全地搜盡馬雅典籍，堆積如山後，付諸一炬。馬雅文明，從此淪落如謎。當時因好奇而私藏的三部殘卷，輾轉流落後，重見曙光而藏於德國、法國以及西班牙的博物館。

馬雅文化雖遭受到全面性的破壞摧毀，馬雅祖先歷經災難浩劫，但馬雅後裔的心志仍因文化的高古而不屈。歷史上，馬雅人的叛變屢興不絕，最後的一次遲至一八九〇年。馬雅人的曆算紀始之年，據學者推考，是西元前三千三百十三年。算到一八九〇年時，馬雅也是五千年的古文明了。五千年！一朝零落，瘡痍至今！

機艙中，我掩卷尋思！究竟，何謂文明？何謂野蠻？文明，豈非人類世界在物質和心靈相互協調遞進中，由黑暗到光明，由愚到智，由粗野到禮遇，由低卑到高雅，由欺騙擄掠到信守盟約……？

事實上並非如此。殖民地主義興起後，人類作為變得空前野蠻。如今，另一個「清洗」異教的聲音，又在咆哮迴響（波士尼亞的回教）。另一種物質爭戰，又在經貿形式中風起雲湧。

人類世界將逐漸進入心靈的「洪荒」麼？

叩蒼冥，蒼冥無聲。

——一九九三年八月二十七、二十八日美國《世界日報》副刊

霧失樓臺

今昔

白衣、黑裙、短髮，年華初度二八。升學的壓力已魑魅般罩在心上，眼睛裡依舊有星光燦爛。芝麻丁點小事，也足以樂滋滋不息陶然。

那是當年的我和她。

我和她，坐在女中教室後門校園一角的石階上，階前的園圃中，盛開著艷艷的鳳仙花。園圃的那端，一長列黑色鐵欄柵，隔著街道上行人車輛的嘈雜。鐵柵內一排高大的大王椰，搖曳著漫天晚霞。

總在那樣的時刻，降旗放學後，我們去到那個老地方。膝上放著書，她問，我答。或者，我問，她答。問問答答，全是些不知究竟在哪裡的地理名詞，要不然，便是些比天外天還顯得遙遠的歷史干支。然後……

「柴達木盆地在哪裡？」她問。

「喏！在這裡！」我抬臂轉首，指向腦後。

於是，大家咯咯地笑，笑得彎了腰。原來，我們管地理老師腦後那塊疤禿，比作柴達木盆地。

那一笑，緊張的心弦全都鬆了。

「甲午之戰，中國戰敗之因？」她又問了，有板有眼。

「都是因為東洋鬼子，蠻不講理……」我答，愈答愈不像話。

「算了算了！回家吧！」她將書合上，我伸了一個懶腰，椰樹上最後一道霞光也消散了。

然後，離開了女中，步出那一角校園，而那一段華年，便在月換星移中湮沒杳遠。待舊事重話，已是數十年後的去夏。

去夏，忽然心血來潮，打電話給洛杉磯的高中摯友譚潔力，兩人鐵定誓約：同時拋下「夫小」，離家「出走」三天。一同結伴去到加州度假盛地卡美爾，只為無牽無掛地敘舊聊天。

就那樣，我們各自飛往舊金山，帶著簡簡單單的行李，厚厚重重的情誼，一同驅車去到卡美爾小鎮。走在鎮上的我們，不再有白衣黑裙的清新，隱在華衣裡的，是一種中年心情的闌珊和沈鬱。肩上扛起的，不再是書本上的考試壓力，而是現實日常的種種負荷與試煉。

卡美爾市鎮，沿海緣山。清晨和黃昏濛濛多霧。中間的時刻，大都艷陽懸天。艷陽下，花影、樹影、人影，處處恍然斑斕。移步穿行於路口街心，總像一隻腳踏著地面，另一隻，踩進了夢園。我們之間的談話，也總是一會兒現今，一會兒往昔。心緒往返於今昔，穿來織去，織成那三天的人生錦。

午院

從爬滿了藤蔓的一條小巷穿進，便來到那家設席於露天庭院的餐廳。紅花綠葉間，散處著三五座席。我們選了那半掩於花蔭下的牆邊席位，候餐間，閑然對望。望進彼此的眼瞳深處，尋索逝去的歲月芳華。

往事，從時間的黑洋裡，一件一件地勾鈞回來。說到好笑的事，還是彼此笑個不停。也許，生命裡貯存的記憶，或多或少地成為日後的心性塑型。看起來，我還是我，她還是她。

而事實上，她又何嘗是當年的她呢？三個孩子的母親，最小的一個也已上了法學院。而我，又豈是當年的我？我那唯一的女兒也已醫學院畢業。時間，轉換了人生的角色。我們的下一代都超過了我們當時的年齡。只是，屬於我們那段記憶中的過往，除了我們自己，恁誰都無法分享扮演。

不過，中學後，我們取行了不同的人生路，各有不同的跋涉和成長。卡美爾那一方院落的花蔭下，我們同進著可口的午餐，往事堪共回咀，而我們嚥下的，是各自不同的人生滋味。

晚窗

傍晚，海霧升起，漸漸地由低岸展向高坡。

我們走在海洋大道上，手中拿著觀光指南，想要尋找那家精緻的法國餐館。走過一列明窗，窗檻上爬滿了那種熟悉卻又叫不出名字的紫藤花。讓我想起臺大，想起曾經在南洋的家。

「就這一家吧！別找了。」我說。

進入餐館後，侍者將我們領到窗畔的席位，雪白的檯布上已點起幽幽的燭光，輝映著白瓷瓶裡怯怯的黃菊花。在花影燭光中坐定點餐後，徐然側望窗外。街上的夜霧更濃了，對街樓臺已迷濛難辨。

點了開胃的飯前酒——「新加坡絲鈴」。酒色是紫紅的，酒味如果汁般清甜。莞爾杯祝後，記起那則吃酸柚子的往事來。也是晚窗畔，她來我家夜讀，倦了餓了，卻找不到可吃的東西。就往後院摘了個青柚子。柚子酸得我們雙眉緊鎖，倦意全消了，夜讀卻草草結束。談笑間，青柚子的酸澀，好像又回到了舌尖。而杯中酒色的紅艷，依稀照見我們當年的酡顏。

灘岩

卡美爾附近的「十七哩灘」岸，一望盡是磊磊海岩。踩在岩石上攝影拍照時，不免顫危危步步難行。顫危危，彷彿那年初走吊橋的心情。

那年，記不得究竟是個什麼日子，大家還穿著冬季制服——藏青上裝，翻著白色的衣領。我們一夥兒——陳慧明、史育新、劉逸丰，還有潔力和我，去到一個叫深坑的地方。河坑深處，吊橋危繫兩岸，橋下，河石磊磊，流水潺潺。行走時，人多步亂，吊橋開始波伏搖晃。驚得大家又叫又喊。終於，扶著吊索，一步一步危行而過。

過吊橋，是為要從對岸的斜坡下到河床。不記得是誰的主意了，只記得大家堆石、截流、

卡美爾十七哩灘的霧景

涸水，抓起小魚三兩隻。也不知究竟從那裡弄來一個小鐵鍋，只記得協力砌石生火，烹魚煮湯。那幾隻湯匙又是那兒弄來的呢？只記得那沒油沒鹽的魚湯；鮮如天下美味。那張圍鍋嚐湯的黑白照片，早已泛黃，而照片中，每一雙眼睛中流露的笑意，依舊盈盈未褪。

當年，物質是那樣微薄，卻絲毫無損歡笑。如今，物質上，何止十倍於往昔？而奔忙營命，總將閑情輕拋棄。

早茶

離開卡美爾的那個清晨，我們照常各自烹茶調製咖啡後，來到客室外的樓廊邊，坐在木椅上閑話眺遠。廊下是一片叢藪，叢藪外有河水靜靜流過。河岸那端接引一座山坡，坡頂，垂垂一片天幕。太陽出來後，海霧漸收，而晨間山風依舊沁冷。我們各自裹緊晨褸，捧著熱杯，遲遲依戀在卡美爾的最後時刻。

假如能再返回從前白衣黑裙的日子，我們都願意麼？答案是：「不願。」人生路，經歷跋涉過了，苦苦樂樂，再回頭重走一遭，還是不免覆轍重蹈。人間世，走一回，差可。再走，太累了。沈默中，我喝下一口熱紅茶，她啜完一口黑咖啡，心照不宣，我們透嚐自擇的苦味。

太陽升高了，廊間空氣逐漸溫煦，而杯中的殘茶和剩餘咖啡已然冷卻。入內梳洗後準備離去。我們再裝進行囊，載負而去的，已不僅是各自的舊時衣，還有這小鎮上三天共聚的記憶。

再見吧！卡美爾！黃昏的海霧裡，燭光花影，數不盡妳的綺麗。海洋大道上，仍將有萬千遊客往返穿行。而晚窗畔，霧失樓臺處，有我們留下的心痕與足跡。

——一九九四年二月二十六日美國《世界日報》副刊

盧山之夜

小引

仲夏，我去盧山。

盧山路上，車行蜒蜿。

山勢愈攀愈高，車速愈輾愈緩。

中途回首，尋眺峰壑外的長江水和鄱陽湖，曾見江水接湖水，混黃和湛藍，二色截分而成奇觀。此際路轉峰迴，遙天眼底，已江湖不辨，只遠近上下，空濛氤氳。

山崖邊，蒼松撥雲，谷風如水。只要一嗅出那揉著松香的清涼味，便已「身在此山中」。

到了，盧山暫遏千秋萬載的吟咏，走出了詩詞世界，化作我一段人生經歷。

歷史雲煙

下榻的招待所，是一棟西式舊宅。入口前方是石砌涼臺，有石桌石凳，供人閑坐聊天。入內，有長廊連接兩廂。右廂客房外，接歐式圓拱窗臺，立於臺間，可聽蟬眺遠。左廂連接大廳，供客聚眾品茗。大廳後，是辦公室和員工宿舍。

客室中，紅絨帘幔，沈沈垂地而掛。木床、木櫃、絨沙發、雕鏤的天花板，都顯得十分陳舊。招待所主任說，這裡條件雖不太好，但有點歷史性。當年，叱咤風雲的少帥張學良和趙四小姐，曾度夏居此。我感到幾分意外，茫然地應了一聲，心宇中倏地掃過一抹歷史的雲煙。

不過，廬山霧影，又豈止映掠過數痕「英雄美人」的足跡？二十世紀的中國政治史，一部分曾以廬山為舞臺背景。「廬山談話」（七七事變）、「國共和談」（馬歇爾調協）……此外，毛澤東曾在廬山召開四屆人大會議，暗中展開和林彪間的權力鬥爭。這些，在廬山的千古靈峙中，人間「戲劇」，都是一時的過眼煙雲。

稍事安頓後，出門去到涼臺，適才的煦照晴光，此時已倏然不見，但漠漠陰霾，懸懸林外。正感詫異時，服務小姐打我身後走過，似有所察地對我說：「廬山就是這樣的，一會兒晴，一會兒陰，說沒定……」我回頭對她一笑，謝她解我初入廬山的疑詫。一面也因她的解說，心起感喟：廬山的雲霧，主宰廬山的陰晴，讓詩人墨客，興感吟咏。而歷史的雲煙，主宰的卻是人世的瘡痍或昇平，是庶民百姓的生死運命。

招待所裡不供膳食，晚飯得下山階，去大食堂與眾圍桌共進。大盤小碗的菜餚、東南西北的旅客、沒頭沒緒的話題，沒多時便紛紛結束餐飲，席散眾離。山階邊，夜霧漸深。

晚間梳洗後，去到大廳。廳間的彩色電視，正播放著連續劇「梅花烙」。我和大家並坐看了一陣，茫然不知所以。腦中正想著來此前所經廬山上的一條街市。於是向服務小姐詢問去向，她帶我去到屋外，在山階邊的路燈下指說：「從這裡一直走下去，兩千多級吧？石級走完後，再過一條隧道，就接上廬山的那半條街了。」

半條街？我來不及開口問個明白，雙腳已踩霧而下了。

牯嶺夜市

夜霧燈影中，我緩緩拾級下行。有時走過樓屋窗檻，有時穿過交蔭茂林。也有時，黑暗攏身，必須警注尋階。那樣一路下階山行，掠過耳際的，有窗內電視機的雜音、有人語、有蟲鳴。也有山林棲鳥的夜囈或驚啼，有泉響、有風吟……還有，還有我自己的步聲、心跳和呼吸。

靜，從來就不是死寂。許多心靈境界，必須向靜中尋覓，萬籟天機，只有從靜中聆取消息。透由靜，才覺觸懂得宇宙中永無滯止的默化潛移。而我們自己，生死去從，終極只是遞接還原於流轉消長的浩然生機。

思索間，已下到山階盡處。再前行，果然有隧道向我黑洞洞地圓張「巨喉」。我止步遲疑。一方面怯然於「巨喉」噬我而入廬山冥夜，另方面，又欣然於巨喉將鯁我而過，吐我於廬山的夜市燈火。

果然，「巨喉」一張，便吐我於牯嶺夜街。街道半「明」半「暗」。明的一邊是樓店商行，燈火輝煌。「暗」的一邊下臨深谷，櫛比著「借光」營生的小攤小鋪。「半條街」的意義，也就到此可喻了。

不過，這半條街固因臨谷屏山而成夜市的明暗，而街名牯嶺，卻源自遠古神話。

遠古時，廬山東北翹著一座狀如牯牛的巨石，隔谷面對西南的女兒嶺。人說，崖岩石嶺，恰比牛郎和織女。時光荏苒，歲歲年年。有個七夕夜，山中忽然巨吼震天，牯牛石動了！躍谷奔向女兒嶺。天兵天將聞聲下降，待拉斷了牛尾巴，牯牛石已臥定於女兒嶺。然後，千秋過後，人世變遷，形成了牯嶺街。

牯嶺街上，堪稱喧嘩。百貨店、時裝店，食品、圖書，不一而足。最多的卻是茶舖。廬山有名的雲霧茶，價額間，差比天壤。便宜的只須十數人民幣，昂貴的可達千元以上。街灣對面有廣坪，設露天茶座，桌桌客滿，卻難說大家在品茗呢？還是在看ＭＴＶ。三兩面螢光幕懸在夜色裡。畫面上少男少女，牽牽依依，情啊愛啊，千般容易。誰去重說牛郎和織女？而千古廬山上，詩韻、天籟，誰要去管？

我來回走盡了牯嶺夜市，買了一本有關廬山的歷代詩詞，也買了一包廬山特產的雲霧茶。懷著書香和茶香，我再次走向那隧道巨喉，不再心怯了，坦然行前，埋入廬山冥夜。

星壑佛光

回程中的腳步，因上行而在山階的層疊中愈來愈緩。偶爾駐足小憩，前瞻山階級級，上引而沒夜霧，看似攀不完的天梯。不免心生懊惱，怎的不用丁點大腦，全不曾顧及下山容易，上山卻須攀登費力了。

老夫高臥文殊臺

走走又停停。有時吸口夜氣，有時伸個懶腰，也有時，有意無意，翹首尋索夜空中的星芒。不知究竟那樣踩螞蟻似的踩了多久？一抬頭引頸，忽見山邊松林針隙間，閃閃爍爍，都是星光。不知在什麼時刻裡，廬山的夜霧，竟悄然消隱。那一刻，但平空覆林，但山涼浸衣。

我從石階跨向路邊林藪，去看松針穿起的星露。「日色冷青松」，誰的詩句？不去推敲了。夜中松間星子，倒可以邀人去想像採「金」摘「銀」。可我此時此際，想到的卻是自古以來廬山星夜的老故事。人說，廬山觀星，要到天池寺畔文殊臺下的星壑岩去。

那星岩，來時經過就曾訪觀。虯松盤根處，巨岩前引突空，下臨萬丈空壑谷澗，十分驚險。立於岩上，依稀可聞水聲淙淙。若此際去到星岩，說不定可見佛光閃現。廬山歷代都有佛光的傳說，連科學家都曾研究過，但沒有什麼結果，只推論星壑中霧重谷深，水氣凝厚。廬山清夜的某些時際，谷中氣流，推濃霧而成水翳。星光映照，化作圓暈光環，人說，那是佛光。

明代理學家王陽明（王守仁）不信佛光之議，有一次夜訪文殊臺，臥石臺冥想，竟然目睹了佛光現象。不過，因為心中無佛，就灑然化作豪情萬丈，作詩如下：

柱杖夜撞青天開
撒落星辰滿平野
山僧盡道佛光來

瞧那陽明老先生，足稱灑脫又豪邁。可那一杖，未免猛撞了些。固然，陽明學說，致良知、主無欲、尊人人為聖賢，心光早已罩世，想那佛光作啥？

不過，我還是驚憾於他那一撞。裂天破空，落星颼颼，奇則奇矣，就是少一份幽祕悲情，我寧可相信；文殊臺下壑空霧重，有蓮座朵朵浮空。佛容歛目捻指，慧光輝映，啟心扉，去「無明」。

把那佛光星光、柱杖蓮座，全都雜在腦中，反來覆去地想。踩在腳底下的「心」，就脫「重」而出，去遨遊古世佛剎。這一來，心不在腳，腳就輕了。我攀盡了漫長的廬山夜路。

——一九九四年十月三日美國《世界日報》副刊

廬山真面目

小引

總以為，「不識廬山真面目」是因為廬山的雲和霧。而蘇軾的那首描寫廬山的名詩：

橫看成嶺側成峰
遠近高低各不同
不識廬山真面目
只緣身在此山中

詩中既沒有提到雲，也沒有言及霧。廬山「峰」「嶺」的變化不同，是隨「身」之所「在」。由形限中去「看」，看到的不過都是現象。蘇老先生可真聰明，瞧他筆鋒一揮，成詩四句。可千餘年來，究竟有幾人道破他詩中的玄機語謎——識？他既然沒說「不見」，雲啊霧啊，管它作啥？他只淡然一筆帶過「不識」，要你把那肉眼後的心眼用出來。肉眼只能「看」，心眼則能「觀」。「觀」，才能縱橫上下，往返今古。而那，又得多少功夫？對於我，可真的是，萬水千山，「鐵鞋踏破」。千行萬行，書頁翻破。

而且，廬山的發源形成，又遠遠地超越了人類文明的史頁。近代地質學的興起，才使廬山寫入另一種記錄。據地質學家說：十億年前，廬山只是地球演進中的一個小小環結，處於汪洋淺海的環境中，然後，又數億年的海水浸蝕，形成水中嶼島。七千萬年前，地球發生「造山運動」，水中列嶼，躍然冒出水面。再歷經冰河期的雪切冰雕，終於形成了峰岩兀突、澗壑幽宕的廬山。然後，華夏文明，塑型推衍，神州廬山；成就了它在歷史時空中的靈峙——由神話傳說的奇幻，到文學藝術的綺麗，再添上宗教哲學的空明。

廬山真面目，識否？識否？

神話傳說的廬山

中國的傳說神話，多來自民間。而這些色彩幻麗的心靈創造，又多與發源本土的道教有關。從老子的騎青牛，到鍾馗的捉鬼魅。從王母娘娘的蟠桃宴，到九天仙女的散花春……都是。

道教尊老子為「太上玄元皇帝」，可知道教之「道」，是由「道可道，非常道」而來。不過，民間百姓，偏要將那「非常」，盡都納入「可道」的言談裏。於是，哲學中的幽微深玄概念，化而成為爛漫絢燦的神仙世界。這個神仙世界，無所不可全包。中國民族性格的「化」而「兼容」，在道教中表徵得很透徹。儒家《易經》中的卦爻凶吉，老、莊學說的玄理妙喻（如真人……），以及佛家誡誥中的地獄剎土，全都一把抓來，不分彼此我他。老子、孔聖、釋迦，全都可成「真君」、「太上」，然後，才排上那個大帝「玉皇」。

廬山的名稱，便也免不了一個可傳可道的神話。而且，意味深長地，那則神話，是在一個高僧的手筆下始錄，是為東晉慧遠所作〈廬山記〉。

〈廬山記〉中；有「托室岩岫，叩岩成館」之語。就是有關廬山的神話故事：

話說，殷周之際（約西元前十二世紀），有姓匡名續（或作俗）者，居山麓林野間。忽一日，遇自名為劉越的少年，相談甚歡。劉臨行邀匡閒時往訪其居所。並叮嚀，居所邊有岩，叩岩即可出迎。匡氏日後應邀前訪，果見巨岩立前，叩之，岩開處，劉越相迎，入而驚見洞府仙館。匡氏自此居於仙廬，修煉成仙。岩山遂名匡廬，或簡稱廬山。

廬山除了匡續成仙的神話外，還有一則呂洞賓成仙的傳說。今日的仙人洞，是傳說中呂祖羽化登天的所在，也是廬山重點景觀之一。訪遊仙人洞前，必須穿越一道圓門。然後，拾級扶欄下行，沿深淵窄徑前行，便可來到那座洞天穴府。

仙人洞圓門兩側，刻有一對朱漆門聯：

仙踪渺黃鶴
人事憶白蓮

仙人已乘黃鶴去，這是道教中的神仙故事。而白蓮人事，卻是有關佛苑中的誼緣佳話。

當年，高僧慧遠和才士謝靈運，老少忘年，言洽誼深。當時貴為侯爵的謝靈運，為慧遠所住東林寺鑿池，種植白色淨蓮，添作梵苑佳色。兩人經常池畔論法談心，夜深不倦。

神仙迹渺，無礙想像。只惆悵當今之世，學問情誼，幾人相惜？圓門洞天處，但三兩青松翹空，數絡白雲溜遠。

仙人洞的崖穴間，有一座石砌神龕，上書「純陽殿」。龕中所供，想必就是呂神仙了。龕前坐著兩個年輕道士，花幾塊人民幣，便可從他們所據櫃檯上買些香燭，去拜殿求籤。龕左後有泉池，池中浮石上有紅燭閃焰，水中紙籤漂浮下，隱然可見許願的硬幣。

我立池靜觀，心中喟然。人間世，不管推演出怎樣科學的「現代」，依舊推不去人心中最原始對「未知」的不安。求籤卜卦，祈禱拜神，也無非在不安中求安罷了。想那呂神仙是怎樣修煉成仙的？必是斬絕一切牽掛，決然、安然、孑然之後，才得輕去羽化吧？我自問心中千連萬結，太多的牽掛和不安。要成仙麼？難！可我，又何曾羨仙慕禪？紅塵久征，不悔不悟，真正要觀照經歷的，是大千人世的形形色色，往往返返。「觀受是苦」，誠然。可是，沉重不也是一種豐富麼？我轉身掠過神龕，隨著人群拾級下階。

由仙人洞右轉，繼續踏石山行。那一帶，奇岩巨石，懸松傲柏，即是廬山景觀中的錦繡谷了。午後的晴光，燁燁灼膚，而觸目入眼，盡是谷崖儼儼。定睛遠睇，隱約可見南來的長江水。從古至今，路迴峰轉處，都曾是詩人畫人的流連地。也因此，廬山千秋，有詩畫錦繡。

文學藝術的廬山

在廬山時，曾夜訪廬山中心的牯嶺街。在街坊買到一本歷代咏廬山的詩詞選。睡前在燈下翻閱，手指穿移而過的墨字心痕中，是一千六百多年的韶光路——從東晉經隋唐，到宋、元、明、清，一直到當前現今。韶光路上，詩人畫人，頻頻相招：陶淵明、李白、白居易……還有蘇軾、米芾、沈周、唐寅……還有民國後的張大千、姚雪垠。

廬山霧夜，寒氣逼人。熄燈後躺入厚厚的棉被中，黑暗中，有簷際霧重成水的淅瀝，有山林野鳥的驚啼。睡入了廬山之夜，也就睡進了不朽的詩畫中國。僅此一丁點心念靈命上的勾連，我已不虛此生。

大學時，選修先師鄭騫先生的《陶謝詩選》，那個時候，讀著：「採菊東籬下，悠然見南山。」（陶淵明詩），可並沒有把那南山方位放在心上。那個時候，也讀著：「攀岩照石鏡，牽葉入松門。」（謝靈運詩），也沒把那峭壁盤崖，蒼松鬱柏的所在問個明白。直到去夏，我身在廬山中，才將那陶謝詩意予以落實。

陶、謝同為東晉詩人。前者淡泊清高，賦歸躬耕南埵，成為中國田園詩的代表者。後者恃傲憤俗，著意尋山逐水，成為中國山水詩的佼佼者。前者不信佛而知「人生歸有道」，後者篤信佛；而「千念結日夜，萬感盈朝昏。」終於，一個南山終老，一個南土（廣州）殺身。二者才華相耀，而心性不同，以致際遇懸殊。文學史上，有關二者的人格作品評價，也相差甚遠。不過，千餘年後的廬山靜夜，陶謝詩音在我的心海中，有著同樣的起伏與唱和。

詠廬山，代代遞有詩家。畫廬山，也代代不乏畫家。而詠廬山的詩篇裏，有詩人即景的畫意。畫廬山的軸幅裏，又涵有畫家觸情的詩意。因此，詩中有畫，畫中有詩。前者是心觀，後者為靈視。中國文化心靈，透由詩畫易尋。

畫廬山的卷軸；雖然不易見到，而刻於廬山摩崖巨岩的書法，則處處可見。僅僅廬山東南麓的秀峰龍潭一處，就足以刻集而成帖了。龍潭邊崖上所刻「第一山」三個大字，是宋代名畫家米芾所書。

我見到那「第一山」的書刻時，想起米芾一幅常見於影本的畫作：「春山瑞松」圖。那「春山」是黃山呢？還是廬山？既以廬山稱「第一」，想必還是廬山吧！廬山的雲霧、傲松、溪澗、懸瀑、崖壑……都是畫人的素材。中國畫史上記載，米芾始創雲山點染新法，以淡墨焦墨點構深淺，極盡水墨渲染的功能，突破前人繪畫規格。我心裏忖度著：是因為他曾經「身在此山中」，才悟出迷雲幻霧的點染烘托法麼？而且，廬山又多奇岩怪石，米芾愛石近於顛狂。我曾見過「米芾拜石」圖。當時人稱他為「米顛」。在廬山，米芾拜石，想必拜得他背痛腰酸！

明代著名畫家沈周，曾畫「廬山高」圖，專以紀念他的恩師。以廬山特有的兀高猙峙，喻其師個性人格上的嶙峋不阿、崇高和正直。

米顛子也好，「廬山高」也好，中國傳統文化的藝文佳話，都是有關可以入詩入畫的高士和狂狷之人。高士以學問、涵養、操守成其「高」，而顯突出「人格」之美。狂狷之人則特立獨行，打破世俗中浮滑、令巧、逢迎之習，以昭示出「性格」之美。而當今之世的價值觀裏，兀高狂狷，皆所不取。取的是製作包裝出的形象、聲名、和價碼。「人」的內容空了，何處可覓佳話？

我在秀峰龍潭時，已是黃昏。遊人逐漸散去，潭畔靜立，水音滿耳，崖刻盈目。廬山南郊一角，立盡古今蒼茫。

宗教哲學的廬山

資料上顯示，廬山之為山脈嶽麓而記入史冊，早在《尚書》中的〈禹貢篇〉。後來，司馬遷作《史記》，始以「廬山」稱之。不過，廬山盛名廣傳，則始於東晉高僧慧遠。

慧遠本是北方人（山西），早年崇尚老莊之學，後來拜高僧道安門下受業，才勵志弘佛。南下來到廬山之麓，建東林寺。慧遠本就是一個能詩能文的博學才士。來到廬山後，作〈廬山記〉。將廬山名稱始末、殊景奇秀，以生動典雅之筆，撰寫成文。廬山之名隨後遠播。

雖然慧遠已歸屬佛家為僧，卻喜與詩文之士結誼往返。前述詩人謝靈運，即為慧遠晚年莫逆之交。謝氏為東林寺鑿池種植白蓮，以添佛苑蓮淨之象。慧遠因而結白蓮社，羅致遠近才學人士，論學研經，並以此白蓮社為基礎，著《法性論》，創淨土宗。

作為佛家一支的淨土宗派，不但廣傳於中國境內，也遠渡日本。當今日本的東林教派，即源自當年的廬山東林寺。而當年，由東林寺東渡移植的白蓮，至今仍盛開於東瀛。而反諷難堪，東林寺古剎所在的中土，百年累累災劫，大部分是來自日本對中華文化的反目。東林寺內的淨卉，也早已香消迹滅。如今，東林寺又修葺復建，只是，池中白蓮，是由日本東林信眾西渡攜植而來。此一攜渡還成為刻碑銘記的文化盛舉。白蓮有知，魂兮歸來，當為中華文化的現狀默然感嘆。

我去東林寺時，恰逢寺僧午課上殿。十來個披袈裟持念珠的僧人，魚貫而入大雄寶殿。隨即，木魚鐘磬，音起繞樑。午後日照炎炎，燁然殿階。殿內蓮壇上，如來捻指垂睫，蓮壇下，眾僧禮佛唱梵。我懾然靜立傍觀，忽見團墊上有僧人跪搖蒲扇取涼。心中失笑。佛國心剎，本自清涼，搖那蒲扇作啥？

我轉身躡足而過，跨出殿後門檻，立階閑眺。一側首，瞥見敞開的朱牖間，如來佛右側文殊菩薩所騎「青獅」赫然露首，一時莞爾。殿後「青獅」窺窗，殿前僧陀搖扇，同樣予人一種滑稽感。

東林寺的仲夏午後，梵唱盈耳，卻不免心生感喟：寺廟的肅穆莊嚴，不在於大佛偉殿，而在於寺內有高僧的大智宏儀，及其創導的宗門教下。殿堂佛像的鍍塑修建，不難。白蓮滅迹後的重植，也不難。唯千餘年來，禪林典範人物心智脈絡的遞承繼起，難！難！難！

廬山不僅是淨土宗的發祥地，中國思想發展上的宋明理學，也曾興源於此。

首先，有濂溪先生（周敦頤）愛廬山之美，擇為他終老之鄉，於溪畔建草堂為濂溪書院。名儒程顥、程頤，從學受業，成就思想史上的濂洛之學。而濂溪先生的大學問，卻是由生活的簡淡平凡中涵養思維而成。他曾有詩二句：「飽暖大富貴，康寧無價金」。濂溪先生的實踐宗旨為「主一」，返繁歸簡，去欲存真。於是蔬芋為飯，粗布為衣，靈山清溪之畔，濂溪先生抱「一」而終。

然後，來了大儒朱熹，於前人白鹿洞書館遺址上，興建書院講學，成為宋代學術教育的一時盛地。

當今白鹿洞書院地帶，依舊林木森森，寧靜幽岑。書院前有山澗一泓，澗上石橋接林連麓。過橋緣斜坡而下到澗畔，再踏石跨水，就可來到橫臥澗中的巨大砥石。石上有當年朱熹所書「枕流」兩個大字。漫想當年，朱熹講學之餘，必常來此。或俯聆溪聲，或仰觀山色，或者，臥石墊腕枕流，自享讀書之樂。字裏行間的世界，是那樣高闊深遠，可縱橫宇宙，可神馳古今。

白鹿洞書院的石牌坊，依舊儼儼屹立。書院內，壇軒齋閣，也部分修葺一新。院後緣山砌築的洞坊中，幽深玄秘中，赫然有白鹿雕像，引人思古，想著當初唐代才士李渤，建館讀書，與白鹿為伴的故事。

「白鹿洞」兩側有石級上引而至軒閣。閣後左右崖壁有碑刻，各書「理之源」「仰止處」。兩碑都已破損，不易辨讀。書院內建築，有些門窗簷瓦的斑駁破裂處，有藤草小樹支空。「千

青松·遠山·巨岩
是廬山的典型景觀

白鹿洞書院內古建築

秋」和「一時」，相遞眼底。

我在書院內遇一秀麗文靜的工作小姐，自言因個性內向而被調此僻遠冷落處工作。我安慰她說，不也很好麼？可以就此僻靜之所，多讀點書。她沉吟半晌，似不以為然。我邀她在石桌邊坐下，望著她年輕的臉龐，忽然心生異想：想要和她調換命位——讓我留在廬山之麓讀書，讓她去天涯海角奔赴。只因為，這一角園林溪山，使我心生眷戀。也因為，朱熹的〈四時讀書樂〉引我神往遐慕。且讀：

讀書之樂樂何如
綠滿窗前草不除
讀書之樂樂無窮
援琴一奏來薰風
讀書之樂樂陶陶
起弄明月霜天高
讀書之樂何處尋
數點梅花天地心

而我，而我終還是匆匆地走了。

尾聲

透過神話傳說、藝術文學、哲學宗教，廬山真面目，識矣！識矣！不過，廬山面目之「真」，經歷近代歷史滄桑，所存幾何？

廬山，撐出千秋歲月，姿貌恒美。中國心靈的弦音，和著廬山靈峙的四時輪轉，代代遞傳。而鴉片戰爭後，神州土地遭強權凌侮，廬山也因此蒙辱。

一八八五年，英國傳教士首先於廬山闢避暑之地，並興建教堂。然後，法、德、俄、日……等二十五個國家相繼效尤而至。終於割劃牯嶺一帶為租界。緣山林坡地興建別墅。到了一九一七年，廬山上的外國別墅已多至五百一十八座。加上後來政要富商所添建華居廣廈，廬山上已有千餘所西式建築。而牯嶺一帶，為應眾多權貴生活日常之需，逐漸店舖櫛比，蔚然而成當今街市。

如今，經濟投資事業，在中國土地上風起雲湧。廬山也不免捲入時潮之中。曾經在一處景觀點小歇閑眺，見一遠處峰頂，不知是那裏的巨商，投資興建一座旋轉玻璃大樓，好讓一些有錢的遊客，可以坐享佳餚，也可以四覽山色。也曾在另一處峰崖；見到那些西式別墅建築群，大片大片的紅瓦屋頂，映著山林的葱鬱，紅得分外慘烈，讓我聯想著中國在強權分割下的世紀血痕。

廬山在旅遊業的增長中，「清淨身」的山色間（山色無非清淨身——蘇軾詩句），又添了塑料垃圾。在含鄱口（景觀點之一）登陡崖岩級上攀，穿松林窄徑，立於高處遙望鄱陽湖的落日紅暉。山徑一帶，垃圾處處。再往上行，來到岩疊石累的幽險處，卻無法不立即回身。因為岩屏石障的那邊，已成為遊人的臨時「方便」所。

我回身下行時，一路將垃圾拾起，竟然裝成了兩大包。下到平臺，見一老工人正在清掃，我就將垃圾放入他的大麻布袋中。他有點不解地盯著我，像是自語：「人家老丟，妳……」我打斷他的話，忙答：「我喜歡撿垃圾，我也謝謝你撿垃圾。」他哈哈大笑起來，他那缺著門牙的笑臉中，幾分樸實，幾分堅忍，也幾分愴然。

返回天涯郊寓，夏去秋逝，我仍不時想著廬山。只要一想著廬山，心版上就映出那張缺著門牙的笑臉。想著想著，就糊塗起來，那是廬山的面目麼？什麼時候；姿彩英發的廬山，千秋萬世的廬山，開始愴然垂垂而老？

——一九九四年十二月十七日《臺灣日報》副刊

格拉泊歌斯
——經驗與探索

格拉泊歌斯的海程

經歷了四次輾轉飛程，終於，我上了船，開始了格拉泊歌斯群島(Galapagos Islands)間的海程。

飛越河海關山，數番碌碌上下，這會兒，我半臥於舺板船欄邊的一張靠椅上，不知是累還是懶，我閉起眼，任海風狂吹衣髮。

舺板上只有我，大夥兒想都入艙休息去了。這艘不算大也不算豪華的遊船上，一共只載負著十一個人。除了我，大都是財經界可以手撥風雲的人物，也許因此讓我獨享了閑情。

船在行速中破浪起伏，舺板上的某些器物設備，在愈來愈增強的擺度中，發出吱吱呀呀的聲響，應和著藍天上展翼海鷗的鳴唱。在風浪、鷗鳴、吱呀、船機的四重奏中，我無法閉目靜心了。側首看船欄外的大海，水色是黑中帶藍，海的深闊賦予海水一種厚重的質量感。海濤起處，映著晴光而成粘絲絲的水紋。讓我想著從前的臺灣，夏日小攤上大塊的黑油油的仙草冰。移目遠處，海平面在長天相接間彎著重重的弧線。弧線上有白色的雲層，心裡忽然唱出一句歌：「白雲深處就是我的家啊！……」

那句歌，又讓我想起大學時自創的一幅山水畫。那期間，厭倦了不斷的畫稿臨摹。有一回，利用累積的繪筆基礎，自出心裁，寫了一幅簡單的山水畫；荒崗兀突，孤松綉空，崗下的路坡邊，有獨旅歇腳的僧陀，面對遠處雲山仰首佇望。雲山上方右角空白處，是我寫下的畫題：白雲深處是吾家。這幅畫，敝帚自珍，隨我遠走天涯。至今，書房勤讀，偶一支頷尋思，仍可看到那幅當年創作，靜懸牆上。

世界上，何處沒有白雲呢？僧陀本是「出家」的人，行腳處處。但不論走到哪裡，他鄉陌地，無礙心之所寄，白雲深處，也就處處是家。

人生的歸屬不也一樣麼？到頭來，只是心之所寄所托——也許是一種信仰、也許是一種使命感、也許……也許是生死相許的誓約……我呢？我的心之所寄為何？說不清。多年來，好像我的人生意義，就在於我行腳下東西南北的征程。不斷地踏上異域陌土，也不斷地探索、對照、回顧，從種種歷史文化的來龍去脈裡，肯定自己，也肯定自己命源所諦的時空——白雲深處的千秋華夏、長河偉嶽間的炎黃萬古。

格拉泊歌斯的海程上，我的思緒一如波紋，順著舟行愈拉愈遠。船頭高浪濺空浸衣，欄邊海風勁掃寒膚，但我仍固執地留在舺板上，抱緊雙臂，合睫半倚，隨著擺度愈來愈大的船身左右搖晃。搖啊搖地，一條恍然，我被搖成了裹在水雲間的一個小小宇宙嬰兒。

巴托洛美的黃昏

在格拉泊歌斯群島地圖上，巴托洛美(Bartolome)只是一座面積微不足道的獨立岩嶼。位於群島中十三個大島之一的詹姆士(James)島東緣。不過面積的小，無礙名氣的大。凡是去格拉泊歌斯的人，都不會錯過巴托洛美的攀爬。所以如此，是因為這小島周遭，有嶙崖峋岩組成的奇趣殊景。

巴托洛美也像其他島嶼一樣，是座火山島，島上最高點即為曾經噴火流漿的火山口。在這裡面東下望，就可看到由熔岩形成的奇塑怪鑿。我們乘小艇到達時，已是黃昏時刻。

由小艇跳上島岸岩石時，岩徑上躺著倦游飽食的海獅(Sea Lion)。有生物學背景的導遊者，很熟練地對著牠拍拍掌，示意讓路。格拉泊歌斯群島上的任何生物，都是受保護的，牠們已習慣了人類的形迹。聞掌聲後，海獅伸頸打著呵欠，不甘不願地搖擺著，跳入海中去了。

我們由岩徑爬上一段坡路，然後走上平沙。這段平沙比起岩坡更難行走。原因是平沙原是由熔岩風化踐踏形成。沙子粗銳鬆疏，腳步易於下陷而被刺痛。大夥顛顛沛沛地走著，沙沙沙。身後斜陽將人影刷在沙上，荒沙上不生片葉隻草，移動的影子，浸在斜陽的流金裡，像萬古外偶爾遺落的片片餘燼。

巴托洛美既已成為觀遊攀爬的重點景觀所在，為使上引高處的徑道熔岩，不致像平處一樣風化踐踏成沙，格拉泊歌斯群島的管理機構，在此沿途建立了木板階梯和梯欄。走過平沙後，便可踏梯、扶欄、拾級而上，來到火山口頂峰，便可飽覽海灣一帶「千金一看」的奇景了。

不過，對於我，島上的遠古熔岩和現設木階的時間對照，比起海景，更引人尋味。禪訓中有兩句似為不通的話：「人從橋上過，橋流水不流。」但看眼前腳底的「萬古」和「一時」，就可悟得話中哲理。火山島恆在，人造梯易毀。時光之流中，流去的總是一切人為的建設。

我在頂峰觀覽了一陣，心裡老想著那頭海獅。想必人去後，牠又回到岩岸，此時還繼續睡著懶覺吧？就離群快步，要單獨去和牠打個交道。下完階梯，回首上跳，同夥的眾人也開始移步下行。映著晚霞的彩焰，個個都燒成了黑影。回身感喟，我們匆匆而來，匆匆而去，以後的無數遊人，亦莫非如此。「流」去的終是「我們」。「流」不去的，是巴托洛美的黃昏。

我急急踩過平沙，轉彎下坡便來到岩岸。果然，海獅躺身橫道酣眠。我在牠身前蹲下，很想學導遊那樣拍拍掌，可那一拍，牠又翻身下海去了，豈不負了我「打交道」的心願？乾脆打著人語：「喂！老兄，醒醒吧！」海獅聞聲抬首，見我蹲在跟前不像是要過路的樣子，就大模大樣地，一邊打呵欠，一邊用牠既是腳又是划水的前肢搔癢。然後，便和我大眼對小眼地瞪著，似乎在等待我下一著「棋」。而我無「棋」可下，只一心一意要和牠玩耍，趁機將牠看個仔細。牠的頭貌，映在我的眼瞳中，一半兒像兔子一半兒像狗。儘管身長體大，臉上的神情卻一味憨淳。烏亮亮的大眼睛略成橄欖狀，頭頂左右分豎著小小的耳朵。嘴邊長著粗刺般不齊的長鬚，身首有短毛，光梳梳地，水漬未乾。我們那樣一晌相對，兩「大」無猜。見牠憨態可掬，便一笑，伸指撥了撥牠的鬚刺：「喂，老兄，貴庚幾何？」牠似懂非懂地「吭」的一聲張大了嘴，嘴中的牙齒略帶黃色，想牠已屆盛年。

不久，同伴們來到我身後，有趣地觀看著我們人獸相親的遊戲。笑說，我有資格當海洋生物學家。其實個中「學問」，不過是中國文化信念中的一句話：「萬物有靈」，而已而已。

我和海獅間的玩耍，在導遊的數聲掌拍中結束了，巴托洛美的黃昏也徐徐幕落。大家重登小艇，遠遠地，遊船上已亮起了燈火。

金諾維莎的鳥國

遊船徹夜航行，北往金諾維莎(Genovesa)島。晚來風浪更緊，船身搖晃更巨。搖啊搖，連夢鄉也給搖得顛顛倒倒。等風平浪靜，已旭日高起。

金諾維莎位於赤道之北，孤另另地遙處於格拉泊歌斯群島的東北緣。島南火山熔岩風化下陷，形成半弧狀的淺海，使當前的島型，遠望有如馬蹄。

遊船定泊於弧港中，大夥兒再登小艇，往島東岩岸登陸，攀爬礁石而上，然後踏上島面曲折高低的叢藪砂徑，去尋島上特有的海鵝(Booby)。其實，說「尋」不如說「遇」。那一路崎嶇所行，走的都屬島上的「鳥國」。

在叢藪邊一坪砂地上，遇見好幾隻成雙成對的海鵝，或立或臥，其中一隻成單的正在孵蛋。據懂生物學的導遊稱，孵蛋的並非雌鵝。雌鵝打食去了，由公鵝代孵。海鵝「家庭」，雌雄互助分工，不設尊卑，且一旦結合成雙，便終生相守。倘若不幸喪偶，便終生獨處。不過，有時恰逢另一隻成單的異性，也經歷一番長期「相識」的過程，等倆相情願時，再結合成雙。

海鸚的「禽性」裏，有現代「人性」中尚且難比的倫常持守。

海鸚是一種十分美麗的飛禽，藍喙、紅掌、白羽，翅邊鑲黑，看來溫靜高貴。雌鳥通常只產一卵，若有雙卵時，幼雛出殼後，先搶到食物的便成為後嗣，搶不到食物的那一隻，便由公鳥啄死。海域茫茫，打食不易。幼鳥的需求和成長，父母須全力支持。海鸚的生存世界裏，種族的延綿，兼賴犧牲及優生。

叢藪枝枒間，有時可遇待食的幼鸚，十分有耐心地等待父母的歸來。據云等待的時間，常是一整天，甚至兩天。但幼鸚不懼孤單，傻楞楞地目不轉睛，瞧著我們這些不知是什麼的「東西」。幼鸚上枝時，體型已很大，只是胎毛絨絨，羽翅未成。雛喙和腳掌仍呈現成長轉變前的黝黑，襯著雪白的絨毛，讓人聯想著滿臉巧克力糖的小娃娃。只是，幼鸚沒有吃巧克力糖的娃娃那樣幸福，牠全部的期待，是漠天茫海間父母啣食歸來。

金諾維莎島的西南海灘，是另一個觀遊點。小艇將我們送到淺水處，大家落艇涉水走上沙灘。在那裡，習水性的人，穿戴上助件，便可入海潛水去欣賞熱帶魚的姿彩。不諳水性的「旱鴨子」，便只有留灘閑步，去和海鷗海獅一同逍遙遊。

灘沙似雪，在午後的陽光中，反照逼眼。沙上有好幾頭海獅，有的在軟沙上酣眠，有的睡醒了，大搖大擺去入海戲水。海鷗不時擦肩而下，落在跟前。這裡的海鷗體型比一般常見的海鷗大，也更為美麗。灰藍色的背羽覆在雪白的胸羽上，黑眼睛邊有一圈紅彩，和紅色腳爪相襯。牠們或上天盤飛，或落灘休歇，很少鳴叫。海灘上濤音天籟裡，飛禽、水獸、閑人，相待無「機心」，也就相處不驚避。

我從沙灘走上礁岩，漸行漸遠。在那裡我看到從沒見過的紅樹林(Mangrove Trees)，枝下吊著幼胎，即所謂水筆仔。這裡的紅樹林苗長於礁岩的縫隙中，從潮汐的漲落中吸取水分營養。胎生的水筆仔成熟而脫離母枝之際，若湊巧落入岩隙的潮沙中，才得以成枝發葉。若不巧而墜落旱岩，則不免乾枯而死。我在礁岩上拾起好幾枝水筆仔，將它們一一插入潮沙。

回到沙灘和席地休憩的導遊談及紅樹林，提到臺灣海濱曾有廣大的紅樹林，但因工商業興起環境汙染而日益減少。現設有保護區，紅樹林才因此未致絕迹。導遊若有所思，告訴我，金諾維莎的紅樹林也一度幾乎絕迹。多年前，造成群島氣候的天時和海流失常，使空氣濕度減少，金諾維莎港灣裡，淺海無潮，島上植物生機因之危殆。紅樹林忽然全部死亡腐爛，而幼胎水筆仔藉著母體的腐爛濕度和有機營養，得以存活。氣候轉常後，水筆仔也逐漸孳長成林。

我聽完紅樹林的故事，肅然無語。無端地，心海裡浮現出另一種湮遠的經歷：

多年前，在東非浩瀚莽原中，乘車觀看野生動物，最想看的，當然是原野猛獅。車行間，忽見一群野羊(Wildebeast)，全部警然朝著同一方向佇望。有經驗的導遊指稱，那個佇望的方向處必有猛獅。群羊佇望一晌後，壯羊將小羊圍入中間，老羊則留立外圍。猛獅若真尋食而至，老羊之一必死無疑。猛獅獲食即去，不作濫攻亂殺。野羊悉獅性，營適出臨陣組調的因應來保護後代。

莽原中的動物行為，紅樹林的腐爛功能，似乎都帶著一種自覺性的神秘色彩——透過犧牲以延綿後代。可是，又是什麼促其如此？我反覆思索，無以為解。只有俯首默然，心起震撼。

聖塔庫斯的巨龜

船抵聖塔庫斯島的東北岸後，立窗外望，早上的晴光未見，代替的是低壓的雲層，遠遠地，波濤起伏撼天。心中自嘲自解：船行徹夜的搖晃，搖斷了昨日晴藍。

聖塔庫斯處於赤道之南，是群島中的第二大島，島嶼所處方位及所據海拔，使島上生態景象看來茂郁蔥蘢。就在島上潮濕豐茂的環境裡，孳衍著群島命名由來的玳瑁巨龜。西班牙人於十六世紀初葉，偶爾「發現」這群隔絕獨立於南太平洋中的島嶼，並對聖塔庫斯島上繁多的巨龜印象深刻，於是稱此群島為Insulae de los Galapagos，意即玳瑁龜群島(Islands of the tortoises)。

特為此行預訂的吉普車，在泥徑草轍中顛蹇慢行，駛往茂林深處的巨龜園境。一路上，濃霧化雨，隨車淅瀝。高草長蒿，不時在車窗外橫掃。偶經空地時趁機望遠，而百步之外，茫霧泯野，迷了視界。

到達巨龜園境後，下車尋龜。還沒走幾步，便草露浸鞋霧雨濕衣了。園中無論老樹喬柯，縱橫枝椏上都因潮氣而生長著苔類，在空中飄搖如旌。轉目四尋，忽視草海上浮動著漂島，黑亮如岩，就是了，玳瑁！

我快步趕上，巨龜聞聲止步匍匐，我來到牠面前，蹲下身，一面相呼。不知是回應呢還是敵意？牠發出吱吱的聲響，將頭頸縮入殼下，然後寂然穆然，朝我而望的眼睛，烏亮亮，閃著島上不老的年光。

我從巨龜的淵幽眼光裡，尋釣出中國的神話。在中國神話中，玳瑁壽龜，別號「玄武」。說牠曾助盤古開天地，斧鑿雕塑而成玄黃（天地）太極。想牠也因之而雕刻成自己背殼上的命符吧？我立身支手，細察牠殼上的圖紋，是那樣精拼巧畫，像涵藏了命意的密碼。誰能解答？

中國的《本草》藥典，曾有這樣的解說：

玳瑁圖紋，高低綜接，有如九天星辰，而龜腹底殼平直，如地表下接九泉。就在這具體而微的乾坤間，龜命壽延可達千年。

《禮記》上，敬其耐飢忍渴的強韌生命力，尊其配長天久地的高壽年齡，稱之為靈。不過，這些放進另一種文化觀裡，就絲毫不發生意義。當年的西班牙人，多將巨龜擄擄上船，作為長期航行中可供宰殺的鮮餚。

更往園林深處行，玳瑁巨龜就無須相尋了。草坡窪地，這裡那裡，巨龜靜伏，或成雙或成群，安然不驚。林霧中但聞腳步漬漬，樹聲蕭蕭。

園中有棵移植而來的落葉樹，十一月正是大陸氣候中的高秋。儘管它已多年植根於赤道邊的長夏，依舊固執地推衍著它年輪命源中的四季，將秋紅撒向熱帶蔥蘢，在雨霧的清涼中加添一筆秋索。它在雨林中的「特立獨行」，讓我肅然於它冥冥中的神秘。

巴托洛美火山岩

玳瑁巨龜

格拉泊歌斯的探思

格拉泊歌斯群島，在領土上隸屬於當今南美國家之一的厄瓜多爾，距厄國國境約六百英里。據地質學研究結論，三千五百萬年前，海底火山爆發上升，形成當今火山口歷歷可見的溶岩群島，浮突於浩瀚的南太平洋。

我在群島間的航程中，回咀經驗之餘，也一再思及一八四五年期間，達爾文來到群島所作觀察、研究和推論。當時的達爾文，只不過二十六歲。當時的英國，工業革命已普遍完成；機械操作的大型企業，已成為主流生產型態，資本主義的經濟價值觀、殖民地主義的強權心態，已成為社會中的思想時潮。

達爾文來到格拉泊歌斯群島之前三年，也就是一八四二年。英國在中國非法販毒受阻，在利益至上、強權公理的思潮趨勢下，國會通過對中國的宣戰和侵略決策，是為中國近代史上的鴉片戰爭。中國在此戰爭中的挫敗和屈辱，一直在中國人心理上，創痕未去。可嘆的是，中國知識分子將此一段時代創傷的心理擔負，推論而成文化的包裹。至今仍不時可聞，知識分子在文化心態上的自我譴伐和自我否定。

鴉片戰爭的前後，殖民地主義風起雲湧，歐陸以外的世界——非洲、美洲、澳洲、紐西蘭、東南亞、太平洋島域、中東、印度……都在利慾強權下瓜分淪佔。中國文化氛圍下的日本，有鑑於文化大國的華夏神州，尚且不免屈敗遭辱，加以西方勢力的漸行滲透，被迫開關而趨習時尚。明治時代，更效西方政治模式維新，集權建軍，步西方之後，成為世界侵略權勢之一。

就在這樣一種大背景大時潮中，二十六歲的達爾文，不可能有超越的遠見和智慧，他所能做的，只是駕勢凌潮，為他所處身的時代社會，提出科學理論上的支持和詮釋。啟蒙時期後的西方世界，將科學等同真理，達爾文「物競天演，弱肉強食」的基本論點，也就很快地不予置疑地接受了。由科學達爾文主義，推衍而成社會達爾文主義(Social Darwinism)後，形成西方社會競逐無情的現狀。

當年，達爾文在格拉泊歌斯群島間船行往返，一共不過六個星期。而大半時間，他又因當時海航條件而暈船不適。他的研究既有地限（群島範圍），又有心礙（生理不適的心理因素），所察所思，難免局限和膚淺。近代學術界也早已指出，達爾文理論大都基於其他論述，由閱讀資料而成。他所閱讀的論述中，尤以經濟學家馬爾薩斯(Thomas Robort Malthus)的〈人口論〉，以及哲學家史賓塞(Herbert Spencer)所倡個人主義及自由經濟的述作為主。於此可想，達爾文以逐利唯我的社會情狀，投射到自然生物界，將人類的競逐無情予以合理化的反證。

畢竟，一百五十年已過去了，藍天滄海間，格拉泊歌斯形貌未改。而我飛越來此，誰知道是什麼鬼使神差？至少，我在心智中陶溶積澱（引用李澤厚哲學用語）的，遠比當年的達爾文為豐富。我的中國文化淵源、我的世界觀遊閱歷、我的現代科學常識——生態系統(Ecosystem)、食物環鏈(Food Chain)、物種多元(Biodeversity)，以及大氣層、水土環境和人類的銜繫關係……都足以讓我體察出自然生物界的內涵秩序、倫理和尊嚴。撕殺、掙扎、犧牲原是這內涵外的表象。宇宙中的生生滅滅，一如陰陽消長，終極在於萬象萬物相互間的資依、衍續、平衡。

漫想我們人類，在這生滅化育的大環抱中，一如嬰兒，不斷地取受依持。文明的進展，照理應是人類的自我成長。而人類在成長過程中所資依取受的，又何止萬物萬象？更有許許多多未知未見的潛因潛素。而人類尊處宇宙天地，始終只作資取，沒有給予。唯一能做的，是對所資取的萬象萬物，賦予象徵性的精神意義。中國《禮記》中的郊祀大禮，便是藉象徵符器（玉器），對乾坤四方萬物，表達祭誠和禮敬。可以說，這是人類的「成長」和回饋。

而我在格拉泊歌斯觀遊探索之餘，多所感喟。想到當前人類不斷由自然界資取之外更不斷殘害征伐，俯仰間，天問水問，奈何所問：

「文明」進展，何時走向文明？
人類萬代，何時才有「成長」？

——一九九五年三月十、十一日美國《世界日報》副刊

推不動命運的手

哈仙達的午宴

所謂哈仙達(Hacienda)，在西班牙文義中，原是指殖民地時代；擁有廣大土地及成群奴隸的地主莊園。莊園宅邸的設計因所據地勢而不盡相同。有的據平谷，以泉池、花園取勝；有的處河岸，由小橋接引，因勢高低建邸。不管是怎樣的設計，哈仙達的共同相似處，是抵達園邸廣場前的林蔭大道。目前，在厄瓜多爾，哈仙達大都成為供人消閒度假或歇腳的私營旅館和餐館。但也有極少數，仍是地處郊野的家庭墅邸。

我曾兩度遊訪厄瓜多爾，見過四個不同的哈仙達。前三次，只為歇腳進餐，純是商業性營業中的一名顧客。最後一次，我成為一個哈仙達私邸午宴中的賓客之一。

這個哈仙達屬於厄國一個駐外大使的家庭。大使夫婦長年駐使國外，家人想也遠走分飛，但所屬莊園華邸，仍在眾多僕役的工作中維持日常原狀。又因莊園地處首都近郊，加上和官方的關係，使這郊墅園宅，時而借為官式宴會的酬酢場所。也就在這樣一種酬酢的場合中，使我對哈仙達式的生活型態，有了一次掠影和體認。

車子經由當年是馬車並馳的林蔭大道，在莊園廣場停下。在僕役佇候接引中，我們進入園宅邊的寬闊長廊。長廊盡頭的左下方，是一座喬柯瀉蔭的庭院。午宴前的酒會設於這裡，無非讓大家享受一番莊園特有的郊野清新。石欄外綠野藍天，時時誘人眺遠。而林中佳釀醇醇，談笑間，不知不覺，便忘卻了地疏人陌。

午宴開始，大家進入一間高大華麗的廳室。二十人席位的長桌上，鮮花銀器，極盡奢麗。大家各自按名字覓席入座後，四個白衣侍者開始獻餚侍食。我從大銀盤中取餚時，注意到侍者托盤的雙手，戴著雪白的手套。可以想見，在這個莊園世界裡，僕役人員，托身營生之餘，從命極其嚴謹。

午宴後，越廊而入客廳。廳分二室，面對花木繽紛的內庭院落。這時，男女賓依舊習分室而處。男賓可趁此抽雪茄，談論政經大事。女賓呢？趁此修粧，閒話家常。其實女賓中也有叱咤政經風雲的領袖人物，但並不以此為忤，樂得也轉變話題，輕鬆一下。

設宴的女主人，是個「四十一支花」的政界夫人，談起她和莊園主人夫婦的舊誼，自動要在茶後帶我們三個外籍女賓，參觀莊園華邸中的重要部分——圖書室、男女主人換裝室(Drawing Room)及臥室、還有家庭私用教堂。

圖書室中沿牆而建的紅木書架上，大都是西文精裝書籍，偶爾一兩件骨董式的藝品閒置架上。室內的書桌、靠椅、檯燈……整潔豪重，顯然地呈露著男性主義的風格。

然後，我們上樓，過窄廊左轉，進入換裝室。大窗前有精緻的粧臺，窗側是落地全身鏡架。室內高大的櫥櫃內，想當然是男女主人出宴禮服的貯掛處。我好像走入了什麼古典翻譯小說的字頁裡，又像走進像「蝴蝶夢」式的電影場景中。

從換裝室出來後，拾步三兩石級便進入男女主人的臥室，臥室左側的門開著，引入了午後斜映的陽光，門外是一方騎樓，可閑坐下眺內院花木。由騎樓再入內時，才見出早已在窗下佇候的僕役，他受指示後，轉身舉手拉開沉重的紅木窗扇，他的手在窗把上映著入室反照的微光，顯得骨節浮突。環室的三面大窗，便在那骨節浮突中，一面一面地打開，一下子，寬大的臥室在明燦瀏亮中，顯出方位設計上的巧思。不同方向的窗檻，鑲嵌著不同的自然景觀，或花樹嬌鮮悅目，或喬柯蔚林送涼，或者，馳目郊疇遠山，心曠神怡。

我們走出臥室，沿窄廊下樓，越階臺穿側門而入莊園中的私用教堂。教堂比想像中要高大得多，兩百多人的席位，可以推想，除了平時彌撒禮拜之外，必也兼作親族婚喪的場所。堂內顯得空冷，壇壁高懸著十字架。十架上，耶穌垂首「流血」，聖母瑪利亞立於十架下方，攤手仰臉愁目，絕望悲傷。

無意中，發現教堂大門入口的右角，放著一張小床，走近察看，床上躺著另一個聖母瑪利亞。導遊的女宴主解說，這是莊園內僕役們所設，也是他們祈禱的地方。床上的聖母，體型嬌小，有紅布蓋身，有軟枕墊首，緊閉雙目，疊掌胸前，面目安詳，狀同酣睡。我在驚詫之餘，回身望了望壇壁十架上的耶穌，十架下的聖母。一剎那，懂了！

在這莊園內工作的印第安僕役，也許不懂什麼是原罪和救贖，但他們比在這教堂彌撒禮拜的任何主人，都更懂得什麼是苦難和痛楚。成年累月仰首悲慼的聖母啊！請妳睡一睡，睡一睡。因為，他們比在此教堂頌讚祈禱的任何主人，都更懂得什麼是悲哀和勞累。他們更懂得，自由歡樂要從夢境尋得。聖母啊！就請妳睡一睡，睡一睡……

哈仙達的午宴，就那樣，結束於一座教堂的空冷，一個角落裡聖母睡姿的謙卑。

藝術家的雅舍

我們一行數人，驅車去到吉都(Quito)城外一個小村鎮，在一條石砌巷道中下車，尋訪畫家金曼(Eduardo Kingman)的家。儘管，巷道中的民舍中，沒有一座可稱為華屋，但眼光尋掃處，一眼便可定認，那一座是藝術家的雅舍。

一道白牆間嵌著一彎拱門，拱門上的牆簷下，橫著兩條木樑，木樑間懸盞舊燈。拱門漆成純黑，沿牆的平時出入小門，一色大紅。紅、黑、白相間的鮮明線條和色調，早已宣示了門內主人的藝術頭銜。

由那張大紅小門進入，踩上一方天井般大小的院落，空間雖不大，但白牆上懸放著高低錯落的盆栽花草，使這方院落顯得疏亮清幽。踏過院中的石卵地，上階入門，便是金曼先生的客廳兼畫室了。

一剎時，只覺得滿目繽紛鮮麗，牆上陳掛著大小不同的繪作，還不知從何著眼時，瞥見落地大窗外，林木掩映蔥蘢，窗前有工作檯，檯側支著畫架，架下有各色油彩。這一畫家的工作空間，由現代式的大窗玻璃及窗框新漆，可以見出是由舊廳加蓋添出。我走近窗前外望，林木下方有小河潺潺。

客廳裡有簡單的家具，除了牆上滿掛的繪畫外，也有一些其他的陳飾。讓我驚異的是，這些陳飾都是在民間生活裡的老舊器物，例如裝炭火的鐵燙斗、久經把拿而磨得黑亮的木柄鐵鋤。還有，壁爐前磚臺邊那口雙耳中國鍋。

中國鍋的熟悉親切感，吸引我走近壁爐，才發現和中國鍋併列的是一本巨型燙金精繪的古老書冊，我低身察看，冊面的西班牙文使我無法猜想此書的性質功能。正思索間，安排我們訪此書室的金曼家庭熟友來到身邊，見我專注顰眉，就解說，那是一本十分珍貴的十八世紀家庭教堂精製聖詩，所以巨冊大字，是為置於高壇架上，便於遠觀讀字唱詩。他剛解說完，身後傳來一個帶點蒼老的聲音：「一本烹飪書罷了」(It's Just a Cook Book)。我對這句涵義諷喻的話，十分吃驚，轉身回首，原來畫家金曼先生不知何時悄然來到客廳。他和我握了握手，表示歡迎，隨即和他的家庭熟友用西班牙文閒話寒暄。

八十歲的金曼先生，身材瘦小，穿著極隨便，頭上戴著絨線帽，身上鬆垮垮地一襲格子布衫，一條不黃不綠的卡其長褲。嚴肅瘦削的臉上，帶著慈祥。我再一次感到驚訝，這座雅而無奢民舍中的隨和長者，就是街坊上眾多精裝畫冊載譽全拉丁美洲的藝術家。

我轉身又望了望和中國鍋併列的《聖詩》，忽然覺得「一本烹飪書罷了」那句話，含有說話者的弦外之音——頌揚上帝和真誠生活，意義無分彼此。上帝神力的創造體現，就在人類烹調美味（或一切美）的生活操作中。

我開始認真讀畫。

移步細讀牆上的每一幅畫，我惕然覺察，金曼在調色布局上，雖有誇張式的經營，但他的繪作主題始終落在印第安本土民族人物的形象上。而形象中最突出的，並非面部的表情，而是雙手在不同心理狀態中的不同動作和姿勢——親情深摯的手、撫膝頹然的手、吹奏忘情的手……

這裡，一個母親的雙手，扣緊幼兒裸嫩的軀體，好像要將自身全部的愛和力量，都貫注到幼兒的成長中去，又好像要將幼兒的純稚生命，一口吮回自身體內，好讓他免去成長中的一切危難。

那裡，山崗上，一個歇工而坐的男人，鋤具倒在一邊，伸腿、袒胸、仰臉，全心於雙手捉笛中的吹奏，好像要將一世的勞苦、一腔的辛酸，全都付諸於笛音的飛揚。他的身後是霞光淡抹的天幕。天幕上勾勒出紫藍的暮山——吹笛者的命源歸處：安底斯山脈。

那些畫，不管怎樣看，如何讀，總可觸到人物形象所透露的悲劇感。顯然地，金曼先生對本土民族的際遇，有深切的體驗和同情，也藉著繪畫形象的震撼力，進行對社會不平的喚醒與批判。

到了告辭的時刻，金曼先生立於門階送別，院落的天光映在他臉上，鬢霜眼紋，使他看來蒼老而疲倦。但他的人道精神和內涵，煥然如光，讓我在惜別裡，更生一份由衷敬意。

走出那張小紅門，巷道裡斜陽似金，車行間回首，那紅、黑、白相間的門楣，異樣地鮮明。

離開了藝術家的雅舍，行車途中，我的心版上再反映出繪畫中不同形象的手姿。忽然聯想起另一個經驗和印象：

第一次訪厄瓜多爾時，曾隨一行國際工作人士造訪一個僻遠山村。山村中的貧困是顯而易見的。臨行，我們將各自隨身所帶的現鈔聚集起來，湊成一筆整數作為贈禮，交給山村的村長，村長在推拒中終於收下。我們上車準備離去時，村長在車後喊停，他氣吁吁地趕到車邊，從車窗口遞進一個滿是灰塵的塑膠袋。袋中，是十數枚雞蛋。

那一路上，我直想哭，哭那人性中的高貴，被壓縮成十數枚雞蛋中的卑微。我們這些人，住的是旅館，何須那十數枚雞蛋？但有「受」就必有「予」，儘管那十數枚雞蛋是山村生活中重要的營養來源。

我想起這樁事時，也憶及村長遞入車窗的那隻黝黑的手。這隻手，又對照出哈仙達午宴中戴著白手套托盤的手，然後，那雙用力拉開紅木大窗骨節浮突的手。原來，金曼繪畫中手姿所透露的，就是本土民族無力推動壓身運命的沉重現實。而我，在讀畫時所觸及的悲劇感，原也是畫家針對社會現實的批判外，內心所透露的悲涼。

事實上，金曼本身在文化族裔所屬上，可劃歸到少數西裔的統治階級。不過，他曾在幼年時經歷十分艱苦的成長。當年，他的母親連極微少的公車費都無法供給，他必須天亮前起身步行，走到天亮後才到達學校。然後，又從天光中走入黑夜才回到家。這種艱苦對當時的金曼又倍為磨難，因為，他並非出身於貧寒。

金曼雖然自小失去父親，但他的家庭仍屬於豐衣足食的中產階級。這個中產家庭，忽然有一天落到社會經濟谷底。幼小的金曼，不曾明白究竟是什麼翻雲覆雨手，將他們的生活資源，就在一夜之間化為烏有。但他從來也沒有忘記，當他的母親在燈下告知銀行惡性倒閉，他們已分文不名的不幸消息後，她那悲哀絕望的形影。

當晚的母親，宣告不幸事件後，埋首墊腕，瘖啞無聲。另一隻手直然前伸，軟塌塌地微曲指節，對崩壓在她身上的厄運，失措到無以嗚咽。就在那燈下長久的靜默中，幼小的金曼，茫然拿起筆，將母親那隻伸在面前的手，畫了又畫。

終於，母親那隻推不動命運的手，成為金曼的藝術源頭，也成為日後藝術造型的一個象

蒼涼的印第安人山村

作者與畫家金曼
攝於其家中

徵命題。不也相似嗎？本土民族的善良百姓，在殖民地主義的翻雲覆雨手中，他們的領土、他們數以噸計的黃金資藏、他們原有的價值信仰……幾乎也像是「一夜」之間，化為烏有。

不同的是，金曼所屬百分之十的少數白人統治階級，有其基本社會優勢。壓在他母親身上的厄運，一個世代之後，被他藝術成就上的力量給推開了。而壓在本土民族身上的厄運，在殖民地主義的強權下，已累積了近五個世紀的沉重。那黝黑善良的手、那白手套中從命的手、那骨節浮突的勞力手……又怎能推得動那龐大如山的命運呢？

車子在郊野窄路間輾進，金曼的繪畫世界在我的馳思中漸行消隱。剩下的是畫家立階送別的臉，蒼老深沉有如車窗外芒野的暮色。

畫家老了！有一天他會辭世而去，他透過繪畫所作的吶喊，會逐漸淡啞。他所賦予不同手姿的生存意義，也將逐漸消失。但他的藝術會成為不朽珍藏，陳列在不是市井小民營命之餘可以有暇有錢涉足的博物館。或者，成為財富，藏入華廈。

在這以利益權譽為追逐價值的世界上，我懷疑是否再有真正的高貴與善良。恍惚間，我又好像看到那個追趕於車後的老村長，拎著灰邋遢的塑膠袋，袋裡豈僅只是那十數枚雞蛋？他拎起的，也是山村歲月的蒼涼。

——一九九五年五月十二、十三日美國《世界日報》副刊

馬德里走馬

入城

由機場乘車往馬德里行進間，仍當清晨時分。不過，卻沒有清晨的感覺。天空無雲，陽光灼地，遠巒近陵；在晴煙下顯得枯涸而疲憊。司機先生喟然相告：北西班牙地帶，幾乎十年未見滴雨了。我驚訝著，無法置信。

進入馬德里城中，景象大為不同。十一月暮秋季節，綠蔭紅卉依舊可見，雖然，有些落葉樹頻將秋色向街心點染。這個都城雖處高海拔地勢，但空氣乾燥，加上燁燁陽光，調柔了蕭索秋寒。此外，因地下水源豐富，滋育了城中的茂林芳華，加添首都氣象。

可供玩味的；是馬德里這個名字的歷史來源。它源起於阿拉伯文。而原文涵意，又關連上一個沙漠民族尊崇水源的心理。

原來，九世紀時，馬德里一帶，曾是阿拉伯支裔摩爾人(Moors)的軍事駐防地，藉以守護統治下的南面大城托勒多(Toledo)。並利用駐防地的豐富地下水源，建成灌溉系統。摩爾人稱該地帶為Macher-it意為「豐水之母」(Mother of Abandant Water)。到了十一世紀，西班牙人征服托勒多後，馬德里一帶也收歸版圖。Macher-it衍為Magerit，然後又衍為Madrit，最後成為今文Madrid。而馬德里作為西班牙首都，是十六世紀中葉以後的事。

車子繞過市中心標誌的噴泉大圓環。白帛帛的泉霧間，隱現著雙獅並馳座騎上的女神西蓓兒(Cybele)。雖然，在神話中西蓓兒被稱為「眾神之母」，而大理石造型所顯示的，卻是一個丰儀秀美、鬈髮長袍、車騎兀踞的年輕女像。我想不起西方神話造像中，有誰是「老」的？(梵諦岡宗教繪畫中上帝和摩西的白鬍子則是希伯來文明的產物。只許作為信仰，不能當作神話。)西方人要求永遠「年輕」，格鬥進取，固難以厚非，永遠「不成熟」、「無智慧」，則莫非大憾。車子在緩緩繞行中，我透窗和「女神」照面而望，無憾於自己不再年輕。

旅館地處文化區的老街，名字叫作「皇宮」(Palace)奢華古風兼有。住入這座「皇宮」後，引起我注意的，倒不是廳室的裝潢和陳設，而是高樓客房隔窗可望的奇譎外景。

窗外，一座座岩磚砌建的舊樓平頂上，眾多的電視天線柱，在燦燦的陽光下，僵直參差，像荒原枯骨或骸牙，猙獰地撕扯著罩著樓頂的廣幕藍天。陽光照不下重樓深夾的窄街，我緣窗垂睫，看街底往返行人，走得寂寂靜靜，有如深淵下的「魚」。

在「皇宮」裡待了三早兩晚，早餐、寢宿，佇望晨昏下天線柱支起的「外太空」，此外的時刻，我們去「流浪」——在藝術館、在街巷、在廣場……

觀藝

馬德里兩個主要藝術館都在旅館附近，也都徒步可達。蘇菲亞藝術中心(Rezna Sofia Art Center)是現代藝術的總匯地，而作品所藏的建築是一座古典宮堡式的舊樓。大塊的花崗岩砌建起的厚牆、高頂、和廊柱，讓人感到冷重和凝穆。當局為了方便觀覽，也有可能是為了增添一點「現代感」，建築前方興建起兩座玻璃塔，塔中設電梯上下。上下間，觀眾既可到達不同號次的展覽廳，也趁便透過玻璃去觀望遠近城景。此外，這兩座玻璃塔，也為這沉厚古穆的建築添上一分透明的輕盈。使「古老」和『現代」在不調和的比重、色澤、和功能間，產生一種奇趣。

蘇菲亞藝術中心展出的眾多作品；在「純一式」、「同一紀」的排比呈列中，突顯了三個藝術大師——畢卡索、米羅、和達利。這三個大師天才光芒所成的陰影，時或隱現於其他後進藝術家的作品，簡直脫不出這三個大師的影響力，也就明顯地處於二流藝術層次。可原諒同情的是，至少，他們和大師有相同的歷史文化背景，相似的社會生活型態，從而引發心靈的反響和回應，也因此，堪稱創作。如果沒有相與共承的文化生活因素，僅一味效尤，那就落入了匠術，只好自居末流。

普拉多藝術館(Prado Museum)是古典藝術的薈萃所。去到入口前，我們由館側經過。牆拱石龕中立著一列希臘式的雕像。在首座標名「勝利」女神的下方牆緣，躺著一個連頭帶腳都蒙在厚毯中的流浪漢，身旁一條狗，全心全意地依主護侍。一霎時，藝術與人生，如此隔膜疏離！尊嚴的「勝利」女神啊！對著人世卑微的失敗者，「勝利」還有意義麼？據說，西班牙當前的失業率，已達百分之二十。這個曾經「黃金盈庫」的國家，已走完殖民歷史的輝煌，呈現了本國民生的瘡痍。我嘆息著，默默走過。

普拉多藝術館裡，藏有兩個舉世聞名藝術家的眾多作品。一是格瑞珂(El Greco)，二是果耶(Goya)。

格瑞珂雖然來自希臘，也屬於文藝復興晚期的人，但他反對那個時代所強調的「科學」與「理性」。他不喜歡當時繪畫風格中冷靜、寫實的現世感。他以個人化的特殊手法、陰晦的色調、人物體態上焦慮、扭曲的不安感，重新詮釋仰望、企盼、渴想的宗教情操。應合了教會和王室強調的「宗教性的純粹感」(Religious Purity)。使他成為西班牙名重一時而垂世不朽的大畫家。儘管他在「啟蒙時代」一度為人貶斥，但到了二十世紀，人世在戰亂的慘厲中，重又認同他繪畫中透露的焦慮和扭曲。而他個人化的表現手法，也讓藝術界肯定他在繪畫發展上的地位。

相對於格瑞珂仰望渴想的宗教激情，是果耶對人間世生活姿容的歌頌。比格瑞珂晚生兩個世紀的果耶，是個可以隨心所欲，無所不能的天才畫家。他出身貧寒，但後來因畫藝而被僱為王室的御用畫家。不過他並未因此而喪失他藝術心靈的自由。在他的眼中，王室人物的不同，只不過華衣奢飾的外表。國王的尊位，無法抵消心智的愚騃。王后的珠光，無以掩蓋心性的邪惡。他筆下的查理四世和王后都在他的「心照」下，畢露原形。

在果耶的彩筆下，美麗高貴的品質，都賦與平常生活中的百姓——頂著水罐的工作婦女、遮陽下的美麗女郎、野宴婚禮中的歡樂群眾、玩耍嬉戲中的天真兒童……。只是，中世紀的生活熱情，抵擋不了權利鬥爭下的災禍命運。「一八〇八年五月三日」這幅十分震人心魄的畫作，是果耶記錄的歷史見證。畫面上的百姓，在槍彈射殺前，也表現出視死如歸的尊嚴，更說盡蒼生的無奈、世事的凶險。

普拉多藝術館前的果耶塑像

普拉多藝術館內兩幅最為人爭睹的果耶繪畫；是那並列而展的穿衣服和不穿衣服的「瑪嘉」(Maja)。瑪嘉面部斜睇抿唇的冷靜，對照著胴體豐圓的性感，「穿衣服」和「不穿衣服」之間，只是行為角色的更換罷了。果耶筆觸中想也不無揶揄之意。儘管，這兩幅畫享盡世譽。對於我，比照前述的作品內涵，反而不足為道。

逐光

在藝術館裡走走看看想想，一晃，已大半天。出來，陽光眩眼，早已是下午時分。

我們叫了車，吩咐駛往「城市廣場」(Plaza Mayor)。所謂廣場，是西班牙城市格局中的一項特色，屬於一般民眾聚集消閒的生活場所。廣場大小按城市面積成正比。馬德里是首都大城，廣場之廣大自可想見。

進入廣場之前，必須步行經過一些窄街曲巷。石砌的高樓，重重地逼壓著街巷，逼跑了陽光、壓薄了空氣，我們竟也變成這沉悶陰冷樓淵下的「魚」。我們走著，步聲在兩牆間迴響，讓我想像著魚尾巴閃搖出的水泡——篤嚕……篤嚕……老也不消。

終於，眼前倏然空闊舒暢，我們踏入廣場。

廣場是正正方方、大大寬寬的。下午的陽光已照到廣場一邊的對角。舉目而望，場內飲食店前都擺著桌椅，但處於陰影的桌椅，沒有人跡。陽光下的桌椅，食客儕儕。剛走出陰巷的我們，毫無思量地逐光而行，加入了陽光下的人群。

廣場地面由石塊鋪砌而成，沒有種植。只飲食店前有盆栽的花木。我們選了一個綠叢邊的座位，點了飲食後，在等候中閒覽。鴿鳥不時地在顧客桌前啄食。偶有響聲或動作，眾鳥群起驚飛。陽光下聚談飲食的人，似乎全不在意是否鳥翼會扇下幾粒塵土或糞粒。陽光好像把每一個人都照得心無陰影，沒有顧慮。

我想起格瑞珂(El Greco)。

有關格瑞珂的記載中，曾指出他是一個古怪的人。陽光燦爛的日子，他就躲進黑黝黝的暗室中去，說是怕外在現世的光化走他的靈感。他一心於天國的仰望，寧捨生活中的溫暖。可是，天國究竟是什麼樣的地方？與其渴想「未知」，不如肯定「當下」。假如人人都能心無陰暗，煥發人性的光華，人間「淨土」，就是「天堂」。

我也想起那駕雙獅而馳騎的女神西蓓兒(Cybele)。

屬於小亞細亞、希臘、羅馬神話中的西蓓兒，不僅是眾神之母，也是人類及萬物之母，明顯地和西班牙天主教的信仰相衝突。這個曾經強調「宗教性的純粹」國度，因為「純粹」

一念，造成過歷史上慘烈的猶太人迫害驅逐（即英文所稱 Inquisition）。如今，居然在首都中心；建立起以一個異教女神像為標誌的噴泉圓環。可見，人心自然所趨，是想像美的姿彩。宗教，塑型了「黑暗中古」，而想像的自由，創造了人世生活的繁富。

飲食早已上了桌，默然取食間，也偶爾將麵包屑灑向地面，看群鳥安然啄近身邊。我一面細嚼盤中的食糧，一面消化著藝術的心糧，那頓陽光中的下午飯，吃得很美滿。

——一九九六年二月五日《中央日報》副刊

塞歌維亞的黃昏

小引

塞歌維亞(Segovia)是西班牙一座著名的中古小城。地處首都馬德里(Madrid)的西北方位。從馬德里開車前往，約三小時的車程。由現代都城的馬德里進入塞歌維亞，感覺上倏然倒溯時光，退入歐洲中古期的城邦宮堡世界。

那個「城堡世界」，高處山崗之上，周邊圍以城牆，易於防守，也便於驅戰。牆內居住的人，按城邦區域內地位的重要性，曾是王室、貴族、教士、商賈以及營造工匠等。而牆外山崗下的廣大平壤，居住著供應城堡世界基本生活物質的賤民。英文字Citizen雖泛指國民，字源中所涵主分City，當和「城邦」意義有不可分割的歷史淵源。

塞歌維亞現存的古跡中，有羅馬人、阿拉伯人（摩爾支裔）及西歐本土的歷史過往。十五世紀以前，近千年間的所謂「黑暗時期」，一方面是城邦和城邦之間人類血腥征戰廝殺。另方面，是教會神權控制下，希臘古典文明知識的凋零封殺。

不過，據史家記稱，十四、十五世紀間，因王室採宗教容忍態度，猶太人的財經貢獻，摩爾人的建築營造和紡織業的興設，曾促使塞歌維亞一時鼎盛。十五世紀以後，王權和教權（天主教）結合，猶太人慘遭驅迫，摩爾人潰敗南遷，加上政權中心向馬德里轉移，塞歌維亞於焉衰落。極衰時際，據稱，城中居民僅剩數千人。

天渠和宮堡

當今的塞歌維亞，因旅遊業而復盛，當地居民有五萬多人。雖然，城市型貌上諦稱「中古」，精神上不再「黑暗」。而且，對照著現代科技文明中，人類心靈處境的懸惑、不安和焦慮，塞歌維亞更驕恃其「古」，彰顯「新」義。

去年暮秋時節，我們去到那裡，駐足兩個晝夜。

去塞歌維亞的人，大都著意觀遊城西角的宮堡。宮堡雄峙於高嶺之上，南北兩條河水在嶺下匯流。歷史記載中，這裡最初是羅馬帝國時期的一個軍事要塞。三百多英尺的巍峨，三面開闊的視野，加上借河為壩，天險自成。至今塞歌維亞最古老又最驚人的標誌，就是當年羅馬人用花崗岩砌建的「輸水渠」(Aquaduct)，通接城東南的里約弗里歐(Riofrio)河流，將水經由石渠輸入山城。據記載，這條輸水渠的全長達兩千三百多英尺。最高的一段處於塞歌維亞城下窪地，水渠高處疊岩而成的雙層橋拱之上，由地面仰望，九十二英尺的高度上，水渠橫穿晴藍，令人驚為「天渠」。更令人驚嘆的是，羅馬「天渠」的輸水功能，至今未廢。橋拱間原可通車。近年來因旅遊業大興，當局為保護古蹟，已嚴禁通行。

不過，入塞歌維亞城之前，「天渠」是途經而觀的奇景。我們車抵「天渠」前，正當午後陽光斜映。橋拱在陽光地面刻畫成影。徘徊於陰影陽光間的腳步，縱橫出入「今」「古」。然後，懷著憑弔的餘情上車，繞上窄窄的環城路，由城門上坡入城。

覓位停車後，我們去尋古堡。

磚石鋪砌的窄街，在樓屋牆垣間曲折相接。寒瑟瑟的暮秋天，早已過了旺季的旅遊時節。巷街道上，偶有行人照面擦肩，然後，樓牆兀默，只聞自己尋覓中的步聲。偶爾歇步抬首，牆間支空的路燈，在陽光下形影歷歷。緣燈影再往上舉睫，澄藍一抹，掃過萬古長天。那樣俯仰、上下、左右地轉折而行，愈行愈像兩條「生命魚」，溯流於這座古城歷史中曲曲折折的

塞歌維亞宮堡的西角景觀

由宮堡高塔下望
宮殿及遠處荒涼

「時光溪」。

一轉彎，來到一處寬廣的坡地。迎面而來的是一個提著布袋的老婦人，衣著厚重，扶杖攀步而行。會說西班牙話的丈夫，上前向她詢問古堡所在地，她指向坡上橫街，說由街道左轉直行便到。以為道聲謝就可走了，但她忽然將手搭向我的臂彎，說了些話。我莞爾會意，就認真地扶她上坡，護她過街。在街緣我向她道別，她仍然喋喋地指向和我轉步相反的前方，說了幾句西班牙話。我只聽懂一個字：「班」(Pan即麵包意)。我立街目送她蹣跚的背影，心知她是去購買日常所需。她那聲「班」，忽然像人類以千萬年凝寫的生活基調，撥在我的心弦上，很沉重，很蒼涼。

拾步朝古堡方向行進，午後的燁燁陽光，劈面而照，十分刺目。進入古堡前的廣場地帶，塞歌維亞城所處地勢之高，形位之要，才警然覺察，崗嶺下，一望無際的荒原，漠漠眼前，任何動態，足以落落俯覽。

這座古堡建築，曾是歷代統治者的王權世界。戰事中，有防守反擊的利勢，日常時，是王族起居接待行儀的宮殿。王族禮拜的天主教教堂，也是宮殿範疇的一部分。宮堡西角踞臨河段，然後緣堡鑿岩挖地而成環堡深塹。進入宮堡的橋樑，古時可隨時收放。放時成橋，可通城區。收時成塹，可為獨峙。現今的宮堡橋樑已改建為固定的石橋。

當年，西班牙歷史上著名的卡斯提王后伊莎貝兒(Isabel, Queen of Castile)經由宮堡過橋出巡，去到城市廣場(Plaza Mayor)加冕，成為第一個兼擁統治權的王后。當年，野心勃勃的哥倫布，經由城市廣場過橋進入宮堡，陳請他的探航計畫。西班牙歷史，就從這座宮堡開始了「顯赫」的發展，完成了國家的統一，擴張了殖民征戰。

儘管這座宮堡曾被譽為最華美奢麗的宮殿,而以人類文明演進到十五世紀的眼光來衡量，不免顯得冷陋粗寒。比起和它差不多同時期的北京故宮，無論在幅度、形制、儀氛、藻飾、財富上並論，何異天壤?可惜，哥倫布沒有找到他夢寐以求的中國。否則，若像馬可孛羅一樣，因中國高度文明的濡染而生一念之敬，世界人類或將導致另一種運命。

黃昏和夜色

走出古堡時已近黃昏。古堡石橋上，我那一進一出的往返，腳下便踩空了五百年韶光。橋前廣坪的秋樹，飄著金晃晃的黃葉。季節在天地間的輪轉，何止輾走了千秋?也輾盡了西班牙殖民史的「黃金」年代。目前，失業率高達百分之二十的西班牙社會，已顯示出世紀末的民困。「風水輪流轉」，世運本無常。黃昏的斜輝，砌托出古堡的濃蔭，陰影裡，秋風掃葉，瑟瑟淒清。

穿街轉巷，我們終於來到城市廣場。廣場四周都有供應顧客的餐飲店和露天咖啡座，多半門市冷落。我們在一處映著夕照的咖啡座擇位歇腳，正好面對廣場那邊色澤金黃的歌德式尖頂教堂，擎天尖頂的紋飾，據說鍍著由美洲攜回的黃金。金角周遭，黑色的群鴉，環飛喋噪。鴉翼上，黃昏的餘輝，淡灑暮天。

丈夫點了紅酒，說是為了驅寒。我點了西班牙臘腸，意為佐酒。侍者將杯盤置桌後，遞上一整瓶紅酒，說：喝多少算多少。這種賣酒的方式，也是塞歌維亞的地方古風麼？我暗自訝異著。

紅酒斟進了玻璃杯，我持杯試飲，像吞入一小片夕陽，涼潤中透著融暖。一面飲酒，一面隨手翻開古堡簡介，藉黃昏餘光逐字閱讀起來。偶爾倦讀抬首，教堂昏鴉，時忽映眼，心中一條恍然，我究竟坐入歷史的那一角？黃昏落在那一種年代？古蹟，將人的心緒拉扯得錯縱遙遠。

夜色，不知何時滲進了酒杯，酒色紅艷，化成半杯鬱黑。耳邊傳來丈夫沒好氣的怨聲：「就知道凡是妳點的東西，一定不會好吃！」原來，西班牙臘腸也像西班牙著名的火腿臘肉一樣，熏醃風透後，割切生吃，自是不合中國人口味。不過，酒意溫暖了心情，我毫不介意地悠然答話：「不好吃，那就回旅館去吧！」

旅館處於塞歌維亞古城對面的山頭，是西班牙政府配合旅遊業而營建的賓館(Parador)。這座賓館的每一間客室都面對古城。飯廳的長排落地窗，也是供人觀賞城景的。於是，早起，看朝陽燁照塞歌維亞。晚歸，看夕輝斜映塞歌維亞。入夜，看照明徹耀塞歌維亞。掠目入眼，總是古城映前。

而古老，何止是歷史時間的累積？也是文化財富的貯蓄。從前，西班牙人為充盈國庫，向外探航、征戰、劫掠。如今，時移境遷，只能向內由歷史文化的智源寶藏挖掘。當前西班牙國庫的重要部分收入，是旅遊業的招徠。而地球村的旅人，不惜千金換買的，正是一新耳目的「本地風光」——文化的特姿，歷史的古蹟。

西班牙習俗中的晚餐，時間上安排得很晚。形式上也吃得豐盛而正式。九點後，旅人才斷續入廳用餐。我們擇位面窗，為的是可以透窗遙餐「夜色」。遠遠地，塞歌維亞在照明中浮突於夜空。我在舉頭觀景，低首進餐的俯仰間，心潮迭起。

中國，本有更輝煌的古老，一世紀以來，中國人，一方面因自卑而昧於自己「寶藏」的發掘。另方面，又因無知而對本源文化妄加汙蔑。七十年代中，方東美先生在世時，於一次佛學講演中，忽然話鋒一轉，感慨系之。然後，他字厲詞激：「……將來寫中國歷史的人，寫到我們這一代，把我們這一代的知識階級，不知會當作什麼樣的批評？是人？還是猴子？」

（《中國大乘佛學・華嚴宗判教章節六》）

方先生那一代，雖然大有謾罵毀古的人（如打倒孔家店、線裝書丟進毛廁之類的偏激者）。但也不乏文化風儀可敬可仰的高儒大哲。我們這一代呢？如方先生所責：「……讓自己文化被別人汙蔑，在那裏瞠目不知所為……」（出語同前）固然大有人在。等而下之，對民族文化作自我汙蔑的人，也在所不乏。烽煙駭浪的二十世紀，很快就要消隱，二十一世紀的將來，若有大智大慧、真知灼見的一代史家，握筆下評，那麼，我們這一代，套方先生之「問」：不知多少是「猴子」？幾個是「人」？

——一九九六年三月十二日美國《世界日報》副刊

唐吉訶德的故鄉

走過拉曼恰的荒野

離開西班牙中古小城塞歌維亞(Segovia)，我們驅車南下，前往馬德里以南的中古大城托勒多(Toledo)。一路上，綿綿荒莽——枯涸的山陵、廢耕的野陌、磊突的亂岩……其間，乍見綠叢疏林、偶遇牧人羊群，或者，農舍風車隱隱遙現，就會心生一陣驚喜。好像荒天漠地中躍出一脈「生」氣，接上車輪機聲間體內似將凝止的呼吸。不免長嘆感念：此身猶在人間。

那一路屬於西班牙歷史上的拉曼恰(La Mancha)地帶。La Mancha 一詞，是由阿拉伯語 Al Manshah源衍而成。意為旱地或荒原，地處海拔兩千英尺的高勢，連綿共六百英里的旱莽。中古時期，是基督教勢力和回教勢力的分野線。

諦屬回教的阿拉伯民族摩爾人(Moors)，於八世紀初攻佔托勒多後，發展繁榮，成為一時之盛的大都。十一世紀末年，北面卡斯提王國勢力擴張，終於吞併了托勒多，並以此城作為王國新都。於是那一帶又稱卡斯提拉曼恰(Castile La Mancha)。回教勢力逐漸南遷，十六世紀以後，終於全盤「出局」，還歸非洲北陸。

那一帶旱原，曾是西班牙著名小說《唐吉訶德》故事進行的場景地。小說全名即為 *Don Quixote de La Mancha*。不過，主角人物唐吉訶德，並非一般人認為的典型俠義騎士(Knight)。《唐吉訶德》出版的十七世紀，距中古騎士時代已非常杳遠。所謂騎士，是一種具備軍事訓練和政治背景的榮銜人物，往返於城邦間，傳達使命，捍衛屬地，堅持某種原則和操守，為一般民眾所敬重，有關騎士的傳聞，隨著時代的遠去，愈衍愈浪漫傳奇。

小說中的唐吉訶德，是拉曼恰地帶一個村莊中的鄉紳，年輕時曾涉獵過許多有關騎士的記載傳聞，心嚮往之。而十六世紀以後的西班牙，黷武、征戰、殖民，成為一個強權財富兼擁的帝國。社會上價值所趨，早已不是「俠義」。而唐吉訶德在退休賦閒之年，忽然大發「騎士」奇想。他將曾祖父的盔甲擦亮，為瘦馬配上鞍韉。然後穿盔持矛上馬，搖身一「變」，時光倒轉，成為英姿颯颯，不可一世的「騎士」。騎向拉曼恰一帶天蒼蒼野茫茫的廣大世界，去冒險、去仗義、去戀愛、去扶貧……

於是，拉曼恰的荒野，唐吉訶德式的鬧劇開始上演——他將牧人的羊群當作敵軍，他將押送罪犯的刑警當作惡煞，他將轉動的風車當作妖魔，他將教士護送的女子當作被拐騙的公主，他將矮胖平庸的村女當作鍾情的絕色佳人……而現實，卻往往是苦果，他要麼被打得面青頭腫，要麼被當作傻瓜取笑愚弄，簡直到了不堪收拾的地步。但他堅持幻覺世界中的理念，挫而再起，一往深情……

終於，一幕幕鬧劇終場，唐吉訶德還歸鄉莊。往事不堪回首，自覺一事無成，人生荒謬。

《唐吉訶德》小說在當時；只是一種供人遣閒談笑的作品。不過，隨著時代推移，唐吉訶德人物塑像中所表現的單純、赤誠、癡摯、仁厚、甚至傻勁，在日後充滿機謀權詐的世界裡，逐漸凸顯而成可貴的人性品質。小說內涵的人道意義，也就與日俱增。文學評論家曾指說：小說作者塞萬提斯(Miguel de Cevantes)創寫唐吉訶德種種行徑，起意於譏誚，終結於祈禱。笑裡含淚時，滑稽反而可供嚴肅的省思了。時至今日，一切人類本來值得讚美的品質，如仁慈、如忠誠……不都在「聰明」人的老謀深算裡，變得愚蠢可笑？

拉曼恰的荒野上，穹蒼彎彎。漫想日出日沒，月缺月圓，真是「日月如梭，光陰似箭」。四個長長的世紀，「白」慘慘地捲走了，像裹屍布，多少生靈、多少文化、多少創建，都裹進了死亡！然後，不知是什麼命運手，翻雲覆雨後，又一陣撕來扯去，終於撕碎了裹屍布中殖民時代的強橫、無義、和暴厲。漏下一小片、乾遢遢，罩著拉曼恰。

進入托勒多古城

托勒多是當年塞萬提斯居住寫作的古城,當然也是他筆下小說人物唐吉訶德創生的故鄉。不過，尋訪這座古城，全然不因唐吉訶德。尋訪的目的，是為見證西班牙腥風血雨的歷史裡，人類也曾一度和諧相處的遺跡。在這段和諧期,不同宗教信仰的人(天主教、猶太教、回教），不同種族文化的人（歐洲人、猶太人、阿拉伯人），都能互容相安。

只好又歸尋歷史，倒溯時光。

歷史上，托勒多一度是羅馬帝國的領土，然後，維西哥人（Visigoths，德國族裔）侵入建都。

西元七一二年，阿拉伯裔摩爾人勢力北伸攻佔此城。近三百年的摩爾人統治期間，猶太人、基督徒，都能保持他們的宗教信仰，也都能聚所安居，營生致用。加上摩爾人從中國引進絲綢業、造紙業等，使托勒多成為繁榮一時的中古大城。

摩爾人勢力北伸托勒多之際，正當阿拉伯世界頻繁往返絲路、接觸大唐天朝之時。唐代的開放，使各族各宗進入中土，又因中國文化的浸染，各族各宗平處相容。從可蘭經典中明文對猶太人基督徒的排斥來推測，摩爾人必也感染了大唐氣度。唐代又是一個以詩文取士，重辭采禮節的時代，摩爾人透過經商經驗，必也浸潤了文教之美。根據歐洲文學史的記載：摩爾人統治西班牙時期，社會上興起一種溫文有禮的生活。三教三族和諧共處的原因，也就不難了解。

以當前世人眼光來看阿拉伯文明，常不免評以「宗教狂熱」、「保守落後」之語。不過透過歷史來看，阿拉伯文明曾是引渡歐洲由「黑暗」到「啟蒙」的力量之一。

當歐洲大陸仍處於攻城奪堡、尚武行軍、古學凋零的黑暗中古期，阿拉伯世界中的大馬士革（敘利亞）、巴格達（伊拉克）、開羅（埃及），以及托勒多等，已設立了高等知識的學院，知識範圍已涵括了希臘古典哲學思想；如亞里斯多德、柏拉圖等。歐陸各地學者前往學習之餘，得以讓長久凋零的古學復甦傳續。此外，印度的數學及中國的科技也得以傳入歐陸。

西班牙在摩爾人統治下的發展，前前後後，持續了八百年之久。西元一四九二年，哥倫布「發現」新大陸後，趁勢統一全境，成為舉世強權，猶太人被迫驅逐，摩爾人潰敗南歸。然後，歐陸各國，競相「發現」，殖民奪土，世界開始了前所未有的大遷變和大災難。讀歷史的人，能不興嘆？興嘆之餘，只有期待未來的領袖人物熟讀歷史，擴大思域。在「眼觀鼻」

的時空幅度裡來忖量世事，既無法尋察事象的來龍去脈，且更因斷想殘思陷世事於糾結盤纏。

拉曼恰原野上，長路漫漫，車程中一再咀嚼的歷史感，像車窗外不斷掠過的荒涼。

抵達托勒多的古城時，已屆黃昏時際，晚霞在乾旱的塵煙裡，像刷了一層灰藍，火紅的夕照，竟成了炫目的紫光。塹削的高崗下，河谷蜿蜒。崗上，古城歷歷如繪，城底，古城門巍峨矗立。不過，入城之路是另闢的側徑，自是因為保護古蹟所致。緣側徑曲折上行，緩緩地，我們進入托勒多。

旅館處於龐大宮堡的後側，抵達時，一眼就看到的，是門側牆邊的「唐吉訶德」。黑鐵鑄成的塑像，符合小說的形容——瘦高、年邁、把盾持矛，一副顢頇之態。我照面莞爾，拍拍「他」的瘦肩，油然心生一份戲謔：「唐老先生，久仰了！」

以後幾天，旅館內外，進進出出，總見「唐老先生」挺身持矛，「忠心」耿耿，一任日曬風吹。漸漸地，感觸代替了戲謔。儘管，後世西洋文學評論者，慷慨地將唐吉訶德譽為偉大高尚的「人物」。而在這個「人物」創生的故鄉裡，看來依舊只是笑料，充其量，尊他為「守門佬」。

當年，塞萬提斯完篇《唐吉訶德》一書後，又怎能不俯首合掌、衷心祈禱呢？他也許預知未來之世，豈僅美德看為笑料？血肉人心，在權利欲的煉火裡，也會一一被鑄成鐵石。噢，

「唐吉訶德」守候旅館門前

你，塞萬提斯，地下有知，請繼續祈禱吧！

見證歷史的遺跡

托勒多古城上，最兀高凸顯的兩座建築，一是大宮堡(Alcazer)，另是大教堂(Cathedral)。這都是在摩爾人退出此城以後所建。西班牙後來的強權，是教會勢力結合王權野心的成果。這兩座並尊齊榮的建築，據地劃空，仍似以凱旋者的姿態，訴說往古。

大宮堡始建於卡斯提國王阿方索六世(Alfonso VI)攻據此城之後（十一世紀末），幾個世紀以來，曾數度焚毀重建。最後一次毀於三〇年代的內戰中，內戰結束後修復，目前是內戰文物及兵器展覽館。

大教堂是十三世紀始建的主要宗教場所。高度及廣度都足驚人。堂內除了各種宗教造像和裝飾外，還有一個必須另購入場券的珍寶室，藏著各種珍儀、寶冠、珠袍，透露出神職人物現世財富和權勢。

天主教教會勢力伸張後，結合王室的宗教狂熱，進行宗教的「純粹性」，也就是天主教的獨尊性。當年三教三族相容平處的遺迹，已不易尋證。兩座猶太廟因改名沿用為教堂而得以保存。大的一座現為猶太文物博覽館，展出由全西班牙搜獲的希伯來文化遺產，在猶太人財力下支助而成。文物中有橫柱，略窺阿拉伯人和猶太人之間的和平遠昔。柱上並書阿猶二文：「佑你出入平安」。

只是，在這個長期回教統治繁榮的古城中，回廟建築夷毀殆盡。

離開托勒多的那個清晨，我們手持街道地圖，執意去尋城中僅存的一座回廟遺址。這個遺址所以至今猶存，是因為一個傳說的「奇跡」。據云：阿方索六世攻據此城之前，有天主教徒經此回廟，跪地祈禱，睜眼忽見廟壇上隱現燈焰，燈焰中十架昭然，於是奔告基督大軍必將長驅來到。

不過，人類歷史上，兵家勝負，並非奇蹟，真正的奇蹟，倒是勝利的統治者，能轉生一念之仁。阿方索六世據城為王後，循摩爾人種族宗教的寬容政策，繼續三族三教相安共存。他的繼存者也順沿例遵，直到截劃時代的一四九二年。

古街道沿坡上下，曲折狹窄，愈走愈覺彷彿迷離。時屆居民上班、赴學、採購，以及營業的時段，街道上顯得交通繁忙。我們不時須貼牆而立，讓車輛通行。見有行人便上前詢問，回廟？什麼回廟，都搖首瞠目茫然。長久以來，這個城市居民引以為「信」的重大「奇蹟」，看來已在生活的匆忙步履下，踐踏得杳滅無痕。

一半巧合，也一半堅持，失望騰折之後，信步走下一條陂陡的偏巷，一轉彎，看到了標寫不明顯的回廟遺址。圍著鐵欄柵的門後，有老工人正在清掃地面。我們扣門而入，他捉帚停望，訝然於我們的尋訪。而我們眼中，恐怕也有著同樣的驚訝。回廟遺跡，實在卑微得毫不足觀。又因「奇蹟」，一半改為天主堂，中豎橫壁，滿繪彩畫。回教痕跡僅存於馬蹄型的典型拱柱，及繪壁後一半廢置的廟堂拱窗。

好不容易尋到的回教史跡，雖不足觀，也堪為見證，一時顧盼低徊。地面上老人掃過的絲絲帚痕，映著朝陽燁燁，恍似光陰默移的微轍。

回廟遺址，地處城緣僻地，推想當年，這裡不過是平常百姓聚會禮拜的所在。古城牆在廟院邊延伸而過，我立牆下眺，太古河(River Tagus)流繞城垠去遠。忽然，想起兩千五百年前孔子的嘆息：「逝水如斯……」而那一曲「逝水」，又讓我聯想起一千六百年前，蘭亭畔曲水流觴。聚友作詩的王羲之，曾慨然為序而語：「……後之視今，亦猶今之視昔……」逝水悠悠，天地悠悠，人生過客而已。

而我們，在這絕「後」的回廟遺址上，更是過客中的過客。不過，炎黃子孫有幸，無論身處何地何方，只要一回溯命源中的歷史文化，就有可歸可屬的心靈家鄉。既可縱古橫今，又可越東跨西。文學也好，歷史也好，都可握入掌心，搓來捏去。然後，一口吞下，化作心糧。天涯行腳，走得愈遠，愈感充實昂然。流浪，什麼「流浪」？

——一九九六年四月九日美國《世界日報》副刊

清瓊的藍月

清瓊小鎮

清瓊(Chinchon)是西班牙一個小鎮地名。離首都馬德里還不到兩小時的車程。我們由南面古城托勒多(Toledo)驅車北返，準備第二天搭機返美，途中決定拐往清瓊，在那裡歇腳度夜。

往赴清瓊的路上，景象枯涸乾旱。起伏的山巒，不僅沒有綠意，竟也失去了土壤的色澤。呈現出一種死亡的灰白，挺在晴天下，像陳屍的巨鯨，奄冷僵硬。

走完那一段「屍山」僻路，逐漸地有綠意出現了，一線生機倏然而起，彷彿一條青龍騰天而躍。怎麼會聯想到「青龍」呢？也許是自身的命源，接引上文化的古遠。在中國神話詮釋裡；青龍象徵東方，象徵春回，也象徵水土的生機和人世的種植。不必去管那神話了，現實明白寫照著：有綠色的地方，必有水源。有水源的所在，就有人家。有了人家，才蔚然而成市鎮。「人間」，這個平時用來毫不經意的名詞，忽然顯得親切。只因為，漫漫車程裡，經歷了那荒山的慘白和死寂。

清瓊雖小，卻也具備了西班牙城市的「五臟」：教堂、古堡、客棧、街巷和廣場。

我們歇夜的地方，是一座十七世紀修道院改裝而成的賓館(Parador)，占地甚廣，院內還有幽靜的泉林，恰好就處於我們客室的窗下。從幽林越目而望，不遠處，獨峙著廢置破敗的古堡。由古堡向街鎮移目，高嶺上聳立著藏有果耶(Goya)名畫的老教堂。大古堡、修道院、老教堂的鼎足情勢中，可以想見，清瓊在貴族和教權的統治下，也曾有過一時之盛。

由「修道院」出門下坡，越街而過，就可去到鎮市廣場。廣場四周營設不同商店及餐飲室，一如其他城市廣場的模式。不同的是，清瓊廣場的地面沒有磚石鋪砌，只是鄉間式的黃沙地。沙石的黃澤，襯著樓宇的暗綠，予人一種清癯感，好像遠去的歲月，帶走了昔時的膏腴風華。

廢墟古堡

太陽下山了，餘輝冉冉。開車繞鎮一圈，街巷中少有人跡。車行雖然曲折上下，十來分鐘吧？就繞出了鎮區，驅向寂寥殘破的古堡。

古堡地處小鎮西南外緣窪地。歷史上，這座古堡曾是卡斯提(Castile)王國伯爵(Count)及家屬的居所。伯爵先祖曾是塞歌維亞(Segovia)王城的總督，極力鎮壓了一次叛亂，捍衛了王城，並保護了支持哥倫布探航的卡斯提王后伊沙貝兒(Isabel, Queen of Castile)。慶功宴上，伊莎貝兒賜飲過祝酒的金杯，總督後代世襲伯爵之銜，封地清瓊。

十七世紀時，清瓊伯爵統治西班牙殖民屬地秘魯。伯爵夫人曾因瘧疾病重，幸有印第安人以奎寧樹皮煎汁治癒。伯爵夫人將奎寧樹種攜回清瓊。後來歐陸醫學界將奎寧樹製藥名為清瓊娜(Chinchona)，原由於此。而清瓊封地，在殖民遠航的大世界裏，變成了不足道的小世界。然後，時代浪潮，不斷淘淘，清瓊被淘成目前鄉壤小鎮，而當年貴族居住的古堡禁域，也已成為殘破無人的廢墟。

古堡處於塹隔鎮區的窪地。牆基斜砌高築。牆基上，昔時的宮室巍峙，窗檻昭然。古堡

清冷的清瓊城市廣場

清瓊古堡側面
殘垣・破窗

岩石建材風化破損。石縫中長出的蒿草，都枯旱死去，偶有小樹，從窗緣石隙中撐出疏落的綠葉，掙扎著，在冷風中婆娑。

古堡入口大門前的橋梁，越過窪塹而接高陸。如今，當然不再因安危而收放了。只像一種符信，通接著古今。

我過橋踱到古堡鐵門前，才覺察懸在門上的警告牌：「危險！旅人止步！」鐵門厚牆，讓人無法窺覷古堡內的情狀。就展開手中的清瓊地圖，霞光映出紙上的古堡圖繪，寫照著古堡建築造型：方方正正的宮樓，不同廳室踞臨著一方院落，四角高聳的圓樓，定是偵察四方八面動態的守衛塔。

我將地圖重新疊合。望望那方警告牌，雖說它意在警告今人，但也彷彿在迴響著古代。每一座古堡，都有鐵門、厚牆、偵塔、和深塹。每一座古堡，也都是一個充滿「敵」「我」「攻」「防」心態的封閉世界。那種古堡心態已消失了麼？還是，更擴大了，而且隱於無形？

我思索著，轉身離去。臨行回首，古堡殘垣上的枯草，在冷風中索索顫搖。

夜天藍月

回到「修道院」旅室，距西班牙習俗中的晚餐時間還早。就坐在窗口眺望。窗外，天光未落，園林葉蔭間，歸鳥還巢，鳴音啷噪。遠處，古堡仍歷歷在目，窗檻洞然。看久了，腦際映出一幅浪漫的動畫：

古時候，古堡內住著伯爵家族的美麗郡主，每個黃昏夜臨的時刻，郡主隨著掌燈的侍女，走過窗檻歸寢。她走過，遲疑地向窗外投目，山腳坪林間，晚歸的牧人，吹著豎笛，領著羊群回轉鄉里。晚風掃窗，她舉手掠髮，衣袂飄然……

古堡窗檻，依舊洞然，一口一口，吞飲著周邊夜色。沒有衣袂飄舉，沒有笛音清幽。只有愈來愈濃的夜色，埋葬了古堡的昔日，埋葬了殘破的形影。

忽然，舉睫處，一輪淡淡的滿月，不知什麼時候，悄悄地掛在古堡隱沒的上方。像一隻天眼，盈盈凝注，一半兒垂憐，一半兒祝福。

走出「修道院」，越過沒有行跡的夜街，走向燈火昏黃的廣場。白日裏的室外咖啡座，都空蕩蕩地，橫陳著桌椅。商店都關門了，酒吧間擠滿了男人，煙酒氳氤。餐飲室則少有顧客，營業冷清，讓人感嘆謀生不易。

走上一個設於二樓、前有騎廊露天客座的餐館，進入餐室後，才驚覺室內沒有一個顧客。餐館主人很客氣地迎接我們，示意我們可以隨便選擇座位。我們走向室外的騎廊，選擇了廊邊的雙人座。坐下點餐時，夜風拂欄，颯颯清寒。我將大衣領豎起，雙手插入口袋，藉候餐時間，去瀏覽廣場上下的夜色。

廣場中心，兩個孩子在玩球戲。咖啡座的空桌上，野貓閑坐顧盼，桌下，有小狗在尋食。孩子玩了一會，走了。廣場一時沉寂，抬頭看天，吃了一驚。古堡上方的圓月，不知何時跟著我們，爬到對面的樓角邊。夜空，沒有一絲雲翳，深色的寶藍，顯得古穆澄淨。像一泓淵水，浸著月環，滲以淺淺的藍。

回到「修道院」，梳洗就寢。旅室的那面窗，沒有窗帘。關上那兩扇窗板，熄了燈，室內就徹底的一片漆黑，窗外，沒有車聲，沒有任何音響，夜，靜得像深淵古水。思潮都無法起伏，只靜靜地想見：當清瓊昏燈熄滅，一切就全投淵夜。只澄天藍月，獨照孤冷。

後記：清瓊夜歇，時為一九九五年十一月，暮秋時節。

——一九九六年四月二十三日《中央日報》副刊

下輯

觀想篇

夜步

小引

不知從什麼時候起，歲月，像個兇巴巴的隱形人，拿著白晃晃的匕首，橫眉豎眼地，開始向我行刺了。有一陣子，老覺得這裡不舒服，那裡不順暢，就想著，該也做點什麼運動才好。

說起做運動，這一輩子和它無緣；天生是個四肢不勤的人，而且，還動不動就找出個好藉口。太極拳早學會了，可那慢吞吞的勁兒，要皮影戲一樣，煩！做韻律操呢？雖然很時髦，卻又討厭那緊促的節奏和喧嘩。瞧那些做韻律操的女士們，舉手投足，規律得像機械，活是扭緊了發條的小「公仔」（娃娃）。君子不「器」，算了！

這也不是，那也不好，想來想去，就只剩散步一途了。散步，還得選時間，早上太早，中午太鬧，只有夜裡，才差強人意。於是，這三兩個月來，我開始了夜步。

每晚那樣閒散地走著，漸漸地，那段時刻裡，我不僅達成可以舒活筋骨的健行，還拓開一片心靈空間，任我馳感騁思。

迎風

夜步初始時，暑燥仍盛。黃昏罷膳後，室內顯得十分燠悶；而室外，晚風送涼，天光未落。梳洗後，寬鬆爽潔，出門迎風而去。

由住區的大環繞出，上坡右轉，就可踞高遠望。樹梢上，歸鳥扇翼，翦翦霞照參差。稍一凝神，心翼隨風，穿出美國郊區的夏暮，斂入中國的古典詩情：「翠彩時分明，夕嵐無處所。」這是眼前即景，這是王維的絕句。

從坡頂緩緩拾步下行，霞光便在我腳下逐漸踩沉。天色由豔紅而橘黃而青紫而灰藍。然後，澄天無涯，淨若懸潭。等我走著回頭路時，夜，就羅天網地了。

沿坡上行，偶一舉目，眨眨眨，星子顆顆綻出天幕。而眼底濃蔭，閃閃爍爍，是紛飛的螢火。記不起是誰了，將螢火比作壓碎了的星光。總覺得那樣的想像太悽慘。我們的神話傳說，將每一種人生，連繫於一個星座。

記否？記否？七十回本《水滸》中，一百八十條好漢，龍騰虎躍，人世間一番悲歡，大起大落。然後，一夢絕緣，寂天寞地，還歸太虛星座。

神話的冀想，彌補了人世的無奈。儘管悲涼，卻不淒慘。那麼，別說那林間的螢火；是星碎零落。那是，初絕凡塵的魂魄，提著燈火，覓歸天路。

披月

漸漸地，天光早沒，夜步時間相形而晚。有時候，來到坡頂，淡青的天幕上，笑眯眯地，勾出一彎新月。「月牙兒！」我想著中國民間辭彙的生動和親切。然後，那月牙兒也鈎連起一些畫意——美人的眉，髮髻邊的簪環。那一段月色，就成了一片文化情天。

眉月寸寸增長著，漸漸形成銀梳半篦，真想借來，梳理心頭亂緒。沒多久，銀篦又不見了。天上懸著的，是一顆光澄澄的「檸檬果」。晚風吹過，還聞得到爽爽的清涼味。然後，坡頂抬眼，圓月懸天！

中秋節那晚，澄天萬里，月如華燈。清輝所映，樹也好，屋角也好，或者，我移動的身影，都呈現一種透明似的虛靈。純潔得近乎神奇。忽然有一種渴想，想去到一座什麼神山，在那裡，我可以穿雲越海，超時度空，望見歷史書中愛詩、愛月、愛天長地久的高華中國。

記起了一個故事，那是研究日本文學的美國朋友愛倫娜克根所說的：

日本的俳句詩聖芭蕉，曾擇地隱居海邊危山，每天，他在半山眺望，海天深處，他說，隱隱約約，是神州中國。

曾經讀過一首泛引的芭蕉俳句：

寂寞古池塘，青蛙跳下水，潑剌一聲響。

那種肅穆靜寂中的躍動生機，正是中國人要觀察捕捺的禪意。芭蕉以禪意人詩，形成他獨特的詩格。至今，日本人視芭蕉為最偉大的俳句詩人，每年有專事紀念的學術會議。愛倫娜曾數度被邀赴會。有一次，她特別造訪當年芭蕉禪居觀海眺望中國的危山，危山古剎因芭蕉遺迹而被視為神聖的所在，未經特約，無法入內。

我問愛倫娜，站在山麓高岩，真的望得見中國麼？她盯著我幽幽地答：「感覺中，望得見。」她必是替芭蕉說話吧？我想。當年，芭蕉禪居作詩想望中國時，已是中國歷史上的清代末朝了。文化上遠非盛世，而芭蕉仍視中國為神州聖地，可以想見當時一般日本文化心理。

曾幾何時，殖民地主義風起雲湧。潮流所至，日本被迫開關，應以明治維新。心理上轉傾西方，殖民霸權思想，也注入了文化血液。芭蕉心目中的中國，豈止不復神聖？且已被視為可予宰割分羹的權益俎肉。

而中國，鴉片一戰，高華永失。西方持強勢武力，本「唯利」野心，逞掠奪蠻行，敗中國於塗地。面對「野蠻」世界的無信無義，便錯覺自身文明是懦弱迂腐。自辱自侮，從此不息——去你媽的聖賢遠祖！去你媽的「講信修睦」！去你媽的原則正義……從清末買辦的卑躬，到孔家店的打倒，到馬列的奉為宗主，到東西文化論戰（臺灣的全盤西化論），到「文革」、到「河殤」……文化心理的沉痾絕脈，至今難興未起。人辱自辱，人侮自侮，如何得以立身病除？知否？知否？「天行健，君子自強不息」這是古老的文化信念，這是真正的中國心靈！

那夜，嬋娟萬里，而我，心與雲平，魂兮歸去！

載雨

另一個夜晚，霏霏小雨飄灑秋意。我遲疑著，夜步該取消呢？還是例行？終於，我撐起傘，載雨而去。

街道上少有車輛往返，蟲聲也在雨中浸沉。不知從何時起，樹蔭裡已消失了螢火，樹梢上也不再聞候鳥的夜囈。每晚那樣走著，已走過了夏，走深了秋。

從坡頂下行，就是那名叫「長野」(Long Meadow)的長街。獨行踽踽際，想起戴望舒的「雨巷」，詩中的悠揚旋律，至今偶憶，仍可在心空中迴蕩：

撐著油紙傘，獨自
徬徨在悠長、悠長
又寂寥的雨巷
我希望逢著，一個
像丁香一樣地

結著憂愁的姑娘……

這是大學時抄在筆記本上的新詩之一。還在詩頁的餘白上畫了一個細長窈窕女孩的背影，傘的上方，斜斜長長的線條是雨，一如那晚，路燈的光環裡，絲雨斜灑。那個「像丁香一樣」的憂愁畫影呢？早已壓縮在詩抄本裡，成為淡褪的歲月遺痕。

回程中路過一樹喬蔭，我止步小駐，想拭去臉上髮上的雨迹和水霧。偶一轉身，正好面對一戶人家的窗檻。窗內，一對老夫婦，正各據一角，在燈下低頭閱讀，光暉罩在他們的白髮上，瑩瑩如霜。

雨中黃葉樹，燈下白頭人。

曾經，覺得這兩句詩寫盡了人間的淒涼冷寂。而那晚，傘下佇望，瀟瀟雨聲中也見黃葉飄落，窗內的相對夜讀，卻寫照出寧馨和幸福。「白頭偕老」，中國人心中最平凡的幸福觀，在風雨難測，徙離無常的世界裡，其實並不平凡。走向白頭的共同歲月中，必須不逢厲疾橫禍，沒有戰亂天災，不興怨懟決裂……

我轉身離去，取步走向自己的家門。家門內，有相待的華燈。

——一九九二年十一月六日美國《世界日報》副刊

葬秋

吟秋

有一陣子，不管行經房子裡的哪一面窗戶，偶爾移目轉眼，總見落葉繽紛。歲月的無情手，將秋天最後的容顏，撕得那樣細細碎碎。我偶爾倚窗呆立，凝眸處，難繫飄零。

街邊的群樹，曾處處滿撐綠蔭，晚間夜步時樹下走過，黑壓壓地，像是藏著魑魅的濃雲。幾番秋風鐵冷，落盡繁葉，裂空的枝椏間，閃閃爍爍，寒星數點。偶爾，也可見枝椏上夏鳥留下的舊巢。一番孵卵育幼後，鳥去巢空，好像是美國哲人愛默遜說的：天堂不是金鋪玉砌的所在，而是風雨飄搖中的鳥巢。這是他賦予生命的嚴肅意義。「天堂」，不是僵冷封閉的地方，而是奮勵、成長、創造的生生世界。除了這風風雨雨、苦苦樂樂、生生不已的人間世，沒有可期天堂的地方。那枝椏間的空巢，盛著的就不僅是秋寒，也是可期的春榮和夏茂。

而秋風，畢竟漸緊。夜步時，我必須戴上手套、穿上厚衣。有一夜行經一處溝渠，忽聞積葉中透出幾聲微弱的蟲鳴。我駐足傾聽，聽它沙啞振翼，鳴聲半落又半起，終於，歸於沉寂。結束了長夏以來自然樂章中的小小符音。我惻然移步前行，想著，在生命的基本意義上，人，不也是如此麼?任何才華壯志的抒展，原是宇宙宏樂的接遞參與，要證實的，就是那「生生不已」的大旋律。

掃秋

年年，落葉掃盡之前，總有幾片秋豔，鎖進書頁。偶爾翻開書本，但見殷紅、金黃、赭赤，仍依稀去秋，慇慇回首。

今年，一樣掃葉拾葉，卻添了另一種秋情。

前些時看一幅畫，看得驚心淚落。那是二次大戰中納粹暴行下，一個猶太孩子的手筆。畫中是一片秋葉，秋葉上托著一棟小屋——他的家。一個天真稚嫩的童心，竟如此尖銳痛楚地表達了生命的飄零感。

而這些時日以來，書桌上老攤著那兩張舊報，報紙上兩幀攝影，寫照著西方文明舞臺上，又上演著類似的悲劇——前南斯拉夫塞族人對回教徒的肆虐屠殺。

攝影的新聞畫面上，是兩種血肉人生的悲慘：

一個棲身於難民營的年輕母親，無法承受失家失親的突來變故，痛哭失聲，以手拭淚。而懷中稚兒，天真未解，伊ㄚ催歸。

一個行將隨紅十字車遠離永去的孩子，舉掌撫窗，相送訣別的父親，隔窗舉掌，雙掌相印間，是冰冷的玻璃，一如兩心相依間，是無情的生離。

書房間出出入入，有意無意，眼角邊總掠見那片段「人生」。而秋風中掃葉掠髮，也總想見那拭淚中的飄泊。俯身拾葉，指尖觸及的秋寒，也讓我想見父子隔窗相印的雙掌。

更可嘆的是，波士尼亞的回教徒，原和信仰東方正教的塞族人同一種族。只因不同宗教，而慘遭虐殺。想起孔子不言怪、力、亂、神，是那樣踏實的人生智慧。怪、力、亂、神，是血肉人間、生活日常、良知理性之外的事物。人若不矜恤血肉之軀，不看重生活之常，不顧念理性人道，何怪不可有？何力不可肆？何亂不可起？何神不可獨尊？君不見，歷史上西班牙人屠殺印第安人的暴行？他們認為印第安人不信上帝（西班牙人的上帝），因此而沒有靈魂，沒有靈魂的人就形同野獸，是野獸就可屠殺。宗教，成了冰冷無情的價值武器。西方文明舞臺上，怪、力、亂、神，時在上演，可是，人呢？人而不仁，奈文明何？

葬秋

葉子落盡後，街邊殘葉也清掃而淨。一下子，寒柯擎空，天高地寂。

卻有一夜，走過街燈下一棵茱萸樹，瞥見枝頭孤零零地懸著最後一片紅葉。想起兒時讀過的一個故事：

故事裡，一個久病懨懨的女孩，每天躺在床上對窗外望，由夏炎望到秋爽。而窗邊的那棵樹，也在她的仰望中，由繁蔭翳翳，到紅葉飄零。她想，當最後一片紅葉飄落枝頭，也就是她脫離人世的時候。而枝上那片紅葉，卻始終攀枝未落，她也因之燃起攀援生命的希望，終於恢復了健康。

當年，讀那個故事時，我認同的是那個彌留而復生的女孩。如今，重憶這個故事時，想要認同的倒是那片紅葉了。在生命的秋寒時際，依舊傲岸枝頭，淒獨而美麗。

終於，一夜勁風，呼嘯凜冽，茱萸樹上，翩然消逝了那片獨懸的紅葉。而年節的繁燈華彩，也將久懸心頭的秋愁悄然埋葬。

——一九九三年一月七日美國《世界日報》副刊

雲山拓慧命

小引

整裝離開了維州舊寓，然後，似乎只那晝夜一穿雲，山路數轉折，我；如鴻雁歛翼，落足於臺北縣石碇鄉豐田村畔的大崙山。俯仰間，闤海囂塵，杳然遙隔。

大崙山上，緣山高低而矗立蔚然的，是華梵人文科技學院的校宇學園，白雲青山，法雨人華，曉雲法師的創學理想，已成事實而展現眼前。

華、梵，二字合併的理念，即是以中華人文儒道精神中的仁德，結合佛家梵思中的悲智，以科技開物致用，藉人文拓慧安命，期莘莘學子，成仁成智，將日益顛倒迷亂的人間，扭轉淨化，重為福土。

我來華梵，是應創辦人曉雲法師的邀約，她在信中慇慇傳訊：妳來，我們可以商議教學事。或者，構想如何借妳的文筆來詮述佛慧。當今之世，科技專才，不難求得，而人文才華，卻遍覓難尋……

我來了，華梵堂前，八十高齡的老法師，道袍飄然，風儀依舊。我們合掌微笑互迎，大崙山頂，一駐足，兩個星期。

大崙黃昏

初抵華梵已近黃昏，稍事別後寒暄，曉雲法師囑弟子圓誠、仁眷驅車同行，帶我觀覽華梵院區學樓，並趁日落時分，從大崙頂看雲天暮景。

車子轉進「大學之道」，顧名思義，此道寓《四書・大學》篇中「在明明德」、「止於至善」之意。沿大道緩緩上行，道側第一座大樓就是意涵人文薈萃的「薈萃樓」，也就是新建初立的人文學院。東方人文思想研究所附設院內。法師自語：「將來，希望有一位文學家駐院教學。」說完，她轉向我，打著亮話：「妳回來吧！即使短期講座也好……」

薈萃樓遠對雲峰，近臨湖泊，樓外道邊，松柏迎風搖影。真是天光水色，並照文學靈奧。

將來，薈萃樓內，師生同勵，期與人文新貌。

過薈萃大樓後，一路山行轉折，都是科技院系樓宇。不過，意味深長地，每一座樓名，都涵寓人文典故趣理：

「之安館」是「居之安」的建築系所在。

「而時館」是「學而時習之」的實習工廠大樓。

「霓虹館」內設電子工程系。

「巧思館」是工業設計系所。

「於藝館」是「游於藝」的學生活動中心。

「民先館」則是「民以食為先」的大眾餐飲廳宇……

一路上，圓誠、仁眷，不斷指指點點，讓我看的雖只是建築樓宇，讓我想的，卻是樓名所提示引發的文化趣旨。

一番曲折上下後，「大學之道」，終於繞出了樓館櫛比的院道區，來到學園靜處的大崙頂。

大道盡頭，是巨石疊砌天成的景觀臺。石碇、石碇，因磊磊巨石得名，景觀臺足以為證。倚石望遠，雲山浮翠中，峰巒隱約迢遞，不免想著：大學之道，期止於至善，而至善之境，又何有止處？不過是，先聖先賢，有期於千秋萬世，不致泥於實地一時，而永赴「至善」理想的邁進。時代社會的推移創進，動力在此。試想歐洲漫長的中世紀，心靈但仰天國，不屑人世諸行，終致「黑暗」、「停滯」。

景觀臺左行，進入叢林一角。亭屋方方，是為百丈療。百丈是唐代懷海禪師居江西百丈山所得名號。禪門清規，首創於百丈。有名言：「一日不作，一日不食。」言意雖簡，仔細推思，又寓人間多少情理！我們生活日常，無論舟、車、衣、食，乃至居家、休閒、閱讀……無一莫非他人之「作」（工作、創作、耕稼、教化……）。人人有「作」，才足推展歲月人間。人人無愧而「食」，則人皆可尊可貴。萬法平觀，則聖賢豪傑，就未必高人一等。

大道右側林野，是一坡建地。目前，僅有標牌豎立，上書「般若堂」三字。般若是梵語，寓「覺照慧觀」，比世云「智慧」一詞，涵義更為豐廣。將來，般若堂成建後，「大學之道」所提示的「仁德」，便銜接了禪林修持中的「覺慧」。教化宗旨，於是具足圓滿。

華梵興學之意，不可謂不大，而其創校過程，又何其「維艱」。當年，曉雲法師興學一念起，繼之十數年翻山越嶺，勘察校址。校址定後，基金、人事、師資、樓館設計、圖書搜集……真是數不盡的憂思籌劃。

閒話中，往事歷歷，其中感人之事，莫過於信眾的捐贈。富貴人家，固然慷慨布施。即工廠工人，因傷殘事故所得勞保賠償，也悉數捐獻，足見當前暴力犯罪，紙醉金迷的社會濁洪中，不乏涓涓清源，足以導發而成善流。

不過，曉雲法師嘆息著：布施捐贈，無論為數大小，都是秉心高貴：為善不欲人知。也因此，寸金即是寸心。開支應用，何止如千鈞壓肩，備感任重而道遠。

山風過處，法師語澀。沉默中，群山夜霧初起，霞照紅日也早已消隱。暮色漸濃，鎖進老法師的雙眉間，更添凝重。

覺苑廊畔

我所落榻處，是《華梵月刊》編輯室旁的招待所，處於工業管理系所在的「統理館」六樓。八月學閒，我在那裏，可謂高樓獨據。每天，晨曦窗畔，看山看雲。明燈桌前，讀書讀經，慶幸人生裏，有這樣一段豐滿淨境。

由招待所下樓左轉下行，便可去到「覺苑」所在。覺苑一帶屬宗教區，目前，佛園弟子所據用的系列建築，原是華梵當初開山建校時所設工寮。鐵皮為頂，鋼架為柱，堪能屏擋風雨山寒。工寮諸室中，也有曉雲法師的居所和畫室，數尺見方的空間，畫稿卷冊井然，逸氣洋溢，書香隱約。畫室外坡上，建有茅亭，法師曾約我大清早，山霧未散時，在茅亭下吃曇花粥，粥氣霧氣，同滋性靈。

由草亭處拾級上行，就來到鐵皮鋼架搭建的臨時「般若堂」。禪堂前，丈餘寬的長廊上，設有桌椅，供人休憩閒讀，廊下一帶，花木蔥蘢。

一次清晨，赴曉雲法師約談。獨自下山而往覺苑廊畔。頭一天因颱風過境曾有山雨，晨間雨消，而雲重霧濃，我獨坐長廊盡頭一角等候時，廊檻外，一片茫白，群峰具泯。忽有彩蝶，翩翩掠眼，一條驚艷後，倏忽消隱霧中。我莞爾漫想：「雲深不知處」，豈僅只有採藥的詩中隱士呢？還有採蜜的覺苑蝴蝶！而我，獨坐面對山雲，詩緣佛緣，兩相共契！

法師來到後，我取出紙筆，一方面筆錄所議事項，另一方面，記摘法師偶爾涉及的禪言佛語。然後，休憩間，飲茶品菓，相對言笑。

無拘無束中，我對她事事積極，表示驚訝，她嚴肅起來，一字一音，實言實句：「有創作才有生命，有奉獻才是生活。」然後，她又嘆息，說，倒不是歷來皆持此見。年輕時，曾一心修禪，有時不飲不食。後遇倓虛老法師指點開悟，始知「看空一切，自渡生死」，是一種斷滅式的「頑空」，足以焦芽敗種。真正的修行，必須悲、智雙運，自覺覺人，使人人出煩惱泥，居蓮淨土。因而積極入世，教化興學。人世雖苦，同悟苦困，才能眾解苦果。

說起苦，她舉「八難」為喻。生、老、病、死，不是四難麼？原來「生」中又含四難：

一曰：「愛別離」。雖至愛深情，無法相依，或終有一別。所以是「難」。

二曰：「怨嗔會」。怨恨相爭，卻常聚糾纏，難期止時，當然是「難」。

三曰：「世智辯聰」。此指逢著一種人，聰明伶俐，事事利己。若有言談，則吹噓誇己，膨脹難止，直將他人的心理空間，堵塞逼迫，不留餘隙。妳說，這是不是一「難」？試想生活日常，某些人士，唯恐避之不及，原因在此。

那麼，還有一難呢？

「求不得。」她不經意地答。

「什麼求不得？」我沒頭沒腦地問。

「哎呀！這也不懂！比如妳想發財，千方百計，求之不得，是不是一難呢？」

「不是啊！」我笑答。

「那妳就根本不想發財嘛！」她戲斥微哂。

我們相對笑了一陣，看看錶，早已過了午飯時間，起身收拾際，舉目抬眼，廊外雲山，一抹去遠。

孤鷺雙鷹

每天，一起身，明窗外，總見山浪連綿，有一次佇窗眺遠，晨照中，有白鷺展翼翩翩。青山，在白翼翻飛中，起伏明滅，終於，白鷺消失於遠處叢林，不知為什麼，一時若失，像那白翼下扇出的風紋，掠入心頭，皺成絲絲悲涼。也許是因為白鷺的孤飛吧？我但願，山林盡處，白鷺有家。

中午，和曉雲法師及三五訪客，在華梵堂共飯，座中有人提及三峽建壩事，說，明年，爆山崩土就要開始了。我心裏悲紋重結。萬年河山，一爆永變。想起名畫家李可染的書法文句：「為祖國河山立傳」。墨色線條中，絲絲縷縷，多少老畫家心事？李可染已於一九八九年去世，如他還在，定會因那一爆而斷魂傷情。

閒話中，曉雲法師提及方東美先生一則往事。她說，有學術社團，曾請方先生就「中國文化的未來展望」為題，作一次公開演講。方先生嘆息著：中國文化的「現在」，尚且談不上什麼展望，又何況未來？哲人有感，語重而心長，不曾掩飾他的悲觀。而今，他在世時的七十年代「現在」，早已成為他過世後的「未來」。文化的展望呢？

噢，中國！中國！歷史上一切外在的苦厄，都曾一一度過，豈非因文化信念展望不絕？文化的內在生機，若成芽焦種敗，便足以成為沒有展望的民族。哲人其逝，誰傳警鐘？

曉雲法師說完方先生的往事後，喟然而嘆：「我們這一代都過去之後，我看……中國文化大勢，也就去了……」。我很想說：「不會的，法師，我們這一代，也愛中國，也愛中國文化……」但我的話，終因慚愧而瘖啞。只有將話頭，和著湯飯，哽咽吞下。

沉默中，漫想他們那一代，真是堪稱偉大。國難時艱，史無前例，不曾棄絕文化的信念。等到生活安定，經濟寬裕時際，反而興發悲觀，足以令我們這一代反省推索。他們儘管不飾悲觀，依舊有一分熱，放一分光，積極從事教化。我們這一代呢？高飛遠鶩，何時反哺？

飯後，獨返高樓，斜映入室的午後陽光，分外明燦，入目觸眼，几案上赫然厚厚一冊方著：《中國大乘佛學》。大智大慧，終極為遺教遺愛人世。佛如此，儒亦如此。

盤桓間，忽聞窗外數聲鳥鳴，在午後的靜寂中，顯得格外響亮清脆。我踱往窗畔觀望，但見兩隻巨鷹，在晴空中平翼上下飛旋，間或發出清亮的鳴音，牠們時而高飛入雲，時而低飛繞谷，將我的眼光拉成了柔和的節拍旋律。正出神時，雙鷹忽然拍翼相撲，然後沖天飛散，數回重複嬉戲後，雙飛滅入遠林。

忽然，天地間因為雙鷹的比翼，照顯出躍然生機。而我，午後一剎憑窗，就轉換了心室中的明暗。真的是，此心如鏡，依所映攝，變易無常。

夕照晚蟬

在山中兩星期，習慣了佛門清規——過午不食。也因此，時間顯得更豐滿充盈。傍晚時分，倦讀梳洗後，常下樓信步迎風，去到附近的威德廣場，廣場上，「阿育王柱」矗然偉立，高聳入雲，落日時分，尤顯氣象萬千。

阿育王即西元前三世紀時，統治印度王國的明主Asoka，定佛教為國教，首立圓柱，以示佛家精進無畏的修持精神。柱首立四頭雄獅，眼觀四界，威護八方。從此，阿育王柱成為佛家精神標誌。據云，印度境地，尚存十柱，分立不同境域，柱高自十至十三公尺不等。而華梵新立的標柱，堪稱最為宏偉。十人合抱的柱圍，九樓等高的柱身，柱首銅獅，淨重六噸。柱前廣場可立千人，廣場背山臨谷，周野繁花向榮，青山遙接。在廣場上漫步閒眺，時感心比雲高。

廣場右側，有「三友路」蜿蜒而越。「三友」指歲寒三友的松竹梅。此路由「大學之道」

端首右側，砌石成級緣山上引。沿途松竹繁茂成林，直到大崙頂，終接梅園而止。

下山離臺的前一天傍晚，我在廣場稍事盤桓後，取步三友石徑，拾級上行。晚蟬聲中夾雜著松竹的微吟，偶爾，可聞谷底人家傳來的人語犬吠。然後，蟬噪竭處，俄頃岑寂，但聞自己的步聲和心律。

三友路終於梅園後，左行取道，便可來到松蔭掩蓋的「大崙頂」林坪。坪間這裏那裏，散砌成組的大小石桌石凳，可供人讀書閑坐。

我選了靠崖邊的一組，隔谷閒眺，玉桂林山脈一帶，峰巒遞接綿渺。山風過處，蒿草搖曳悉索，遠近松濤捲山盈耳。忽聞近前松幹上，有振翼而鳴的晚蟬，仔細察看，那樣小小的玄色身軀，那樣薄薄的透明雙翼，可那鳴音，何止振耳，直可罩山！仔細聽，還聽得見詩人筆下的唐宋遠音，小小一蟬，真是唱徹千古，直唱入我怔然的雙瞳！

崖邊久久獨坐，山谷的晚涼，逐漸將日間的熱氣凝化而成夜霧，遠近峰巒，在夜霧潑成的淡墨中形成層疊勾勒。記起有一次偕曉雲法師在景觀臺畔向晚看山。她忽然嘆著：「雲山、雲山，真是因緣。」

原來，法師出家前，俗名游雲山，晚年創校華梵，定址於大崙山，每日面對雲山，長住不遊（游）了。而我，大崙林坪，聽蟬看雲，契因於當年讀游雲山所著《泉聲》詩集，真的是，因起緣依，和合造境。佛，豈止觀透了人生，也照徹了世事。

——一九九三年十月三十一日《臺灣日報》副刊

——一九九三年十一月八日美國《世界日報》副刊

夜睹明星

小引

八月夏暑，我在臺北石碇大崙山上，過了兩個星期的靜修生活。

落腳處是大崙山華梵人文科技學院的招待所。校園遠離都市塵囂，周遭雲山環繞。

華梵由佛門高士曉雲法師創辦。學園內設有宗教區——覺苑。那期間，我偶爾下樓山行而至覺苑，或與曉雲法師議事，或與佛苑女弟談天。午飯後，就是我獨享的時刻。

略去晚膳的佛門清規，使我這個佛門之外的人，享有大把大把的豐盈時間。閱讀之外，有時棄卷外出攀山，有時捧茗臨窗眺遠，攀山或眺遠時際，雲影、山色、鳥鳴、蟬音，也會使我偶爾因境攝思。

那段期間，生活中沒有雜事，心念中也少有雜想。關山河海，隔絕了現代人生中的典型日常——馳車、酬酢、噪音（電視、收音機……）忙勞。那兩個星期，實在可說是人生過程中的一段心靈奢侈。

精神標柱

我落腳處的大樓附近，是一座功能性和審美性兼具的景觀建築。也就是華梵學院境教宗旨中的威德區。由山腳拾級而上，通過兩道高聳門拱，進入威德廣場。眼界豁然開闊之餘，但見「阿育王柱」矗然偉立，那就是佛門象徵智慧修持的精神標柱。華梵此柱的高度和大小，是十人合抱，九樓等高。柱基柱身，由赭紅花崗岩砌建。柱首所立四頭雄獅，鑄銅六噸。佛教傳入中國後，中土佛地上，這是唯一仿鑄屹立的宏偉標柱。

傍晚時分，我常下樓信步而去到廣場，晴日黃昏，由廣場看山，真正是「山氣日夕佳」（陶淵明詩句）。落日遲遲地懸掛西天，日色由金黃逼目，漸轉而成可直睇的血紅。不知為什麼，那紅丸當天，會讓我聯想著，儼儼佛容眉間的第三眼。日夕佳的山氣，也就憑添慧質。

有一個黃昏，我由山徑側路直入廣場，一抬頭，標柱上的四頭雄獅，在漫天晚霞中，目閃金光，爍爍如生。吃驚之餘，心動神馳。我不去看山了，只一心觀柱。久久，心生一問：「阿育王，阿育王，云何尊佛而造柱?」

當年（西元前三世紀），古印度的阿育王(ASOKA)定佛教為國教。他不為佛鑄造巨像以示獨尊，他當然更不會迫眾皈依，甚或奢殺異己。他只鑄造標柱，來象徵智慧精神上的提昇、德行修持上的無畏猛進。他真是透悟了佛理。

當年，在慧悟中，阿育王必曾懂得：「無執自他之教，是為佛教。」（語譯：不偏執自己的宗教信仰，不因而排斥他人的宗教信仰，才是佛理教義所在。此語出自佛典《寶篋經》）。他也必曾懂得，佛教之為教，信仰立場首須：「無怨恨……無諍訟……無誹謗……」（語出《寶藏經》）。於此，佛門眾徒，應可領會，鑄造標柱是象徵精神上的民主，超越了一切分別——自他、邪正、邦族、習俗……。

試想：人類文明的演進中，宗教上的征戰、種族上的仇恨、文化上的敵對……不都是因為缺乏了「無執」、「無怨」、「無諍」、「無謗」的精神民主觀麼?否則，宗教信仰造成的驅迫（如天主教之驅逐回教、迫害印第安異教……）、種族歧視造成的屠殺（如納粹之殺害猶太族……）、價值觀念造成的尊卑（如西方人的自封優越……），又有什麼更好的解釋?

當年，在階級森嚴、梵天至上的婆羅門教旨中，佛，秉其絕高的智慧和勇氣，革出了一個莊嚴大使命——萬法平等，眾生皆佛。

何以眾生皆佛?因為心外無法，佛性是每一個人內在慧命的修持證悟。在皆可修證成佛的心理對待中，人性的基本尊嚴無可剝奪。

何以萬法平等?因為一切人類內在修持證悟而成的智慧，最終達成圓融無礙，相通相接。在通接平觀的對待中，各宗各派就可以等高。

畢竟，佛的使命太大了，智慧太高了。古代印度，終又還歸婆羅門教的梵天之下。不過，意味深長地，佛法東傳，在「民胞物與」、「天人合一」的智慧沃土中逐漸成長茁壯。華夏中土的大智大慧者，不斷翻譯整理原始佛典，繼而從中論述判教，完成中土自成的各宗各派——華嚴、天台、法相唯識、禪宗淨土……真是智慧碩果，殷殷累結。

而曾幾何時?中土智慧衰微了，炎黃信心沒落了，當今之世，以佛慧觀照，何異顛倒妄惑?眾生所需，實在就是一座可以同心趨仰的精神標柱。

阿育王、阿育王，偉哉造柱！

夜睹明星

夜晚，倦讀罷洗，一身爽潔，下樓迎風而行。行行復行行，便又行至威德廣場。獨坐廣場石階，面對黑夜群山。愈來愈重的山涼，讓我恍如沉身清涼海。遠遠地，山巒凹谷間，南港的繁華燈火，燃成一片光焰。無端地，想著《法華經》中將人世形容成「火宅」。生活中種種塵勞，有時恰似熱焰中輾轉。紅塵，紅塵，原是這樣來的！而我何幸？大崙山上，一身清涼！

久坐後起身整衣，舉首抬眼，萬星羅天。光光相映，閃閃繁密，好像第一次看到那樣的星天夜景，心裏一驚。對了！夜睹明星，佛，就是那樣悟道的！

佛經裏普遍有一則菩提樹下佛陀悟道的故事。它是這樣的：

> 伽耶山上，佛盤膝獨坐。苦思冥想於菩提樹下，歷二十一天晝夜。這二十一天中，佛，常見旭日東昇，曾觀皓月獨照，卻未能悟道。而在日消月隱的一個深夜，菩提樹下，佛仰首睜眼，繁星在天，靈明一閃際，佛，永成覺者（梵文「佛陀」即「覺

者」之意）。

何以故？我仰觀凝眸，眼瞳裏旋轉明滅著同樣的繁星。何以故？我心佛心，心心證印，想必如此：

看眾星在天，想眾生在地。眾星皆有光，光卻有明有黯，眾生皆有心，心則可昏可覺。惑者心昏，因而輾轉「無明」，造業與惡，惡惡相資，代代無已。覺者心明，智照如光，燦若明星，悟了！

這一悟，真是大悟。人說，佛之出世，為一因緣大事。他決裂了梵天諸神，讓生命還歸本位。他將人從神權（梵天、阿拉、天主、上帝……）下解放出來，賦與人性尊嚴和自主，人生不帶著原罪，不依屬至上梵天（前者為基督教義，後者是婆羅門教信仰）。心外無法，體現自主和尊嚴，唯於內在一「覺」。

覺了嗎？眾生！眾生！佛去後，萬世千秋，何曾有覺？人類走到了二十世紀，更加夢魘罩世，災難未已。先是殖民地主義，弱肉強食。後是世界大戰，生靈塗炭。加上納粹自高，屠殺異族（猶太族），共產極權，除害異己。到了九十年代，二十世紀轉眼即過。而「種族清洗」的悲劇（波士尼亞的戰爭殘殺），宗教暴力的慘聞（印度、北愛爾蘭、黎巴嫩的兩教敵對），水土的污染，大氣層的「黑洞」……都無以使人反躬省惕。人世的救贖，原在於人心的自贖。而人心，在金權、物質的驅使下，真理正義，幻象謊言，更形混淆難明。處種種「無明」，更待何覺悟？

一想到這些，滿瞳星光，垂睫倏杳。黑暗中，但山風蟲鳴盈耳。我轉身拾步，走向高樓，推門進入暗室，玻璃窗外，長天萬古，繁星依舊。

——一九九三年十二月四日《臺灣日報》副刊

黃花

我走進花店，玻璃門一開合，就隔去了身後十一月的暮秋寒天。

不過，我的心情仍瑟索著。因為，我知道，這是最後一次為瑞娜姐買花了。

我站在冷櫥前，眼光掃過不同色彩調配的花籃。終於，停於一籃黃花上，提把邊綴著白色的緞帶。我將花籃取出，付錢後走出店門。秋風吹起門前的落葉，沙沙沙，白色的緞帶飄舞著，黃花顫然索索。

開車途中，一路上都見秋葉翻飄漫舞，有時候鳥穿飛其間，一時竟難分是飛翼還是落葉？我嘆息，凋零，何其彷彿生命？

維州郊區阿靈頓的僻壤，坐落著那家收容末期病患的療養所，一個月前，瑞娜姐移養於此，度她生命最後的時刻。我在櫃檯邊查詢到她的房號後，進入電梯，步入二樓病房長廊。一個坐在輪椅上的老婦人，白髮蕭然，形容枯槁，望著我手拎的花籃，微微一笑：「好美麗的花籃啊！」我楞了一下，花色的嬌鮮，對照著她的病懨，我十分難過地，勉強答著：「真的好美麗，謝謝妳……」

在長廊盡頭找到瑞娜姐的房號，房門半掩，鴉雀無聲。我悄然側身而入，迎目照眼的是白牆上一頂瑞娜姐戴過的花草帽。和花帽相呼應的是窗臺上兩缽室內盆栽。可以見出瑞娜姐丈夫傑瑞的良苦用心，他要將這最後的病室，調理出一點「家」的溫馨。

窗外，秋林如焰，燃燒著季節最後的紅顏。病床上的瑞娜姐靜靜地躺著，一如枝頭秋葉，做最後的生命攀援。我將花籃放上窗臺，轉身走近病床。

瑞娜姐側睡枕上，短髮參差間露出因腦癌開刀而成的光禿疤痕。她的一隻手臂放在白被單外，瘦弱的胳臂上，佈滿因喪失抗疫力而形成的血色瘡痕。我俯身輕喚：「瑞娜姐……」她沒有動靜。

認識瑞娜姐快十年了。

十年前，在一個美式酒會裡，瑞娜姐和我初次相遇。也許，我們同是酒會中僅有的異族女子吧？儘管杯影釵光、眾賓熙攘。我們很快就湊在一起了。已屆中年的瑞娜姐，金髮裡摻著白髮，不高不矮、不胖不瘦，穿著配飾，都看來悅目而簡潔，大方而高雅。她操著十分濃重的德國口音，咬字很慢，好像怕人聽不懂，而一字一音間，也使人覺得那是出自肺腑的真誠之言。

言談間，知道她是德國大使館的工作人員之一，曾隨不同的遷調而居住過不同的國家。那時，我們才從印尼遷返美國不久，彼此交換了涉身不同文化地域的經驗和心得。由她的見解感想，可體會她對不同文化的開放尊重態度。我們之間談得十分投緣，分手時彼此交換了電話和地址。

總以為像一般宴會場合的邂逅，當時的熱絡，未必足以形成日後的交往。我不久就把瑞娜姐給忘卻了。

意外地，半年後的一個午後，忽然接到瑞娜姐的電話，她在電話中侃侃而談她這半年來的人生轉變。她說，她已結婚，丈夫是美國人，叫傑瑞卡普蘭，曾任軍職而留駐德國多年。雖然他是喪偶續弦，但無子女；他們年歲相仿，性情相諧，可說是理想的伴侶。傑瑞退役後任職一私營公司，薪金豐厚。因此，她辭職後不擬再覓工作。他們已購屋搬遷，從地圖上看來，離我們住區很近。她並自嘲著，說她目前是個典型的美國郊區家庭主婦。

後來問起她，如何一下子做了那麼大的轉變決心？她嘆息地自敘。說她一生都在飄泊離徙中，先是東西德分裂後的遠離故土，後是工作上的不停調遷，她早已厭倦了單身的職業生涯。結婚、購屋、定居，無異是她人生的從此下錨定泊。

一個夏日黃昏，我們去她新居參加酒宴。婚後的瑞娜妲，容光煥發，談笑自若地周旋於賓客間。她將大家引領到後院，院中有新建的藤架和涼臺。院周花木蔥榮茂麗，可以見出她於家居生活中，對庭園付出的時間和精力。

斜陽消隱後，暮色漸歛成郊區戶外的沁沁晚涼。我踱往室內，趁瑞娜妲接應酬酢之餘，直言問她：「做一個單純的家庭主婦，真的習慣麼？」她頓了一下，低頭半帶沈思地答：「並不完全習慣。主要是除去原有職業上的忙碌後，時間顯得太多。有時不免無聊。」她對我在大學兼課，又從事一點寫作的生活內涵，表示羨慕。同時也向我吐露，希望有一天也能做點有創意性的工作。

原來，她已在附近女子學院修室內裝潢設計課程，畢修後可獲專業執照，以便從事獨立性或顧問性的工作。

她獲得執照後，我曾問起她工作的進展情況。她毫不隱瞞地告訴我，說室內裝潢設計這一行，並不像她想像中那麼容易做獨立發展，應僱於公司，又非她的初衷原意。再看吧！她顯得有點無奈。

再見到瑞娜妲時，她自嘲地宣告：「我還是一個典型的美國家庭主婦。不過，多了一個頭銜：失業的室內裝潢設計師！」我們談了一些彼此的生活瑣事後，她忽然面帶嚴肅，解釋著自己的心境。她說遇到傑瑞而共締連理，是她一生中最大的幸運。她寧取「此」（婚姻）而捨「彼」（事業）。做了大半生的職業婦女，對事業的放棄那樣不帶悔意，是她冥冥中已意識到自己的人生大限麼？當時，我只覺得她是那樣坦率謙誠，絲毫不帶時下那種佯飾遮掩又張揚自誇的人際習氣，讓我更覺她為人的親切可貴。我們只要偶一見面，總能十分自在地談著彼此的感受際遇。

忽然，兩年前的一天，傑瑞來電話，語氣沮喪而傷感，說瑞娜妲病了，很嚴重，是腦癌。我去醫院看望瑞娜妲時，正是感恩節的前夕，行車途中，不時地瞥見街屋門上掛著的老玉米——感恩節豐收的象徵。那時，天色陰寒欲雪，正是室內圍爐、飲酒、吃爆玉米花的季節。最注重生活趣味的瑞娜妲，卻住入了藥味瀰漫的醫院，自度癌病的苦厄。

當時，瑞娜妲已動過腦科手術，枕上轉首，即露出開刀縫合處的傷禿處。不過，除了略顯倦容外，我熟悉的瑞娜妲，音容未改。那時，我帶去一籃花，黃色的，繫著白色的緞帶。

瑞娜妲出院後，我曾陪她去醫院做過兩次鐳射治療。途中，她告訴我，根據醫生的經驗，她的情況只有一年可活。幸運一點的話，也許可活到一年半。她說得那樣平靜，彷彿是談著一件生活裡的平常事，使我十分驚訝她的自制和理智。我努力找話來安慰她，說什麼心理意志，對決定生命的長短比藥物更重要。她搖搖頭，認真地答：「很難。」她同時透露，傑瑞已決定提早退休，好陪她走完這段人生最後的路。

那段期間，他們做了不少的旅遊：去加勒比海岸共避冬寒，去夏威夷過復活節，還去德國和瑞娜姐唯一的親人——她妹妹，共度聖誕新年。那時，德國已統一，姐妹倆還曾結伴重訪東德境內的童年故鄉。

記得一次去看瑞娜姐時，她取出許多旅遊中的照片給我看。其中有些照片上全是歐式的古舊建築。她說，那地方就是她童年的故鄉。依然舊時模樣，連她上過的小學，也是當年容顏。她笑著說：「要感謝共產主義，那樣毫無進展地未動『原封』，好讓我重溫兒時夢。」

那時候，瑞娜姐已度過了所謂幸運的「一年半」生存期，無法再進行任何治療，只在藥物的控制下，做「現狀」維持。藥物的副作用，使她面目變形浮腫，我已無法從她的笑貌裡去捕捉她的舊時容。但她似乎心情開朗，給我看完照片後又要讓我看她的假髮。說是在西德買的，和她原來的髮型色澤一模一樣。傑瑞從樓上取來假髮，遞給她，她戴上後做樣笑對，但我看到的依舊只是她變形而浮腫的面目。我心裡很難過，眼睛濕漉漉地，卻無法不強顏笑讚。她看出我的心情，臨行忽然將我抱住，悄聲耳語：「明……我很感激……」泫然中移目，咖啡桌上放著我帶去的花籃——黃色的，白緞帶。

半年內，瑞娜妲病情節節惡化。先是失去了行動能力，然後又失去了語言能力。終於，最後失了明。瑞娜妲的命脈已危在旦夕。在無法居家照顧的情況下，傑瑞將瑞娜妲移養於療養院。

療養院的病房裡，是那樣靜。靜得可以聽到瑞娜妲起伏的呼吸。窗外，秋風正緊。

我耐心地等候著，終於，她有了動靜。我俯身再喚：「瑞娜妲，是我，我是明……」她轉過頭面向我，眼睛睜得很大，依舊是澄清的灰藍眼色，但我把握不到其中的焦點。她無法看我，我握住她被單上的手，然後，用另一隻手為她拂去額上的散髮。我的動作，輕柔愛憐一如慈母。

忽然，瑞娜妲的嘴扭曲地動起來，顯然地，她已覺察我的關愛，努力地想要說什麼，但始終發不出一音一字。我哽咽勸阻：「我懂的，瑞娜妲，什麼也不用說……」她灰藍的眼睛裡湧出清淚，流出眼眶，流向腦後……

踏出病房，轉身回望，瑞娜妲仍側臥著，眼睛仍睜得大大的，像在努力看那籃我放在窗臺上的黃花。花籃邊的白緞帶，在窗下暖氣機的氣流中，無力地飄動。

在長廊邊遇外出返來的傑瑞，詢探瑞娜妲的情況，他感傷的告訴我，瑞娜妲已屆隨時可去的階段。他正料理著一些喪禮事宜，我們相對唏噓，不再能說什麼了，只有默然握別。

歸途中，腦中一再浮現瑞娜姐失明的空洞眼神、滿佈血色瘡痕的胳臂，以及她扭曲著欲語無聲的嘴型。那個曾經健康明朗的瑞娜姐呢？

我開始從記憶裡去尋索她的舊時音容。忽然間，腦中展現出那年夏天的黃昏，我們去他們新居作客。容光煥發的瑞娜姐，穿著一身黃色的綢衫裙，腰間鬆鬆地繫著一條白緞帶。

我猛然警悟，原來，這麼久以來，我每次買花，總是固執重複地買著黃花白緞帶的花籃，都是因為那個鮮明的瑞娜姐印象！如果花籃中盛著我的心念，也許，我始終做著無望的祈祝——她的康復。

車子在紅燈前停下，我拭去臉上的冰涼淚痕，車窗外，飄過片片的黃葉。

永別了，瑞娜姐，兩年的生死渡，曾是那樣艱難厄苦。而妳，表現得那樣勇敢而優雅，終於渡近了死亡的涯岸。人的形體，原不過假合的四大（佛家語：地、水、風、火），還歸太虛天地，是所有人的物化運命。悲哀的是，身亡心也隨滅。透由心性所表達的獨特善美，便永去失緣。不過，知否？知否？瑞娜姐！妳將不會從我的心宇中黯淡消散，因為，長久以來，不知不覺地，我已將妳的形影品貌，化作了黃花！

——一九九三年十二月二十一日美國《世界日報》副刊

卻喜空山布法雲

雪中馳想

一晝夜渡海越洋，何止是跨國？也已經是跨歲了。

從臺北回來，新年已過，甲戌（舊年）未遠。美式習俗中的年節繁華已形淡遠，橫掃而來的是一連串的大風雪。三番數次，學校停課，機關停工。華府特區更因風雪肆虐，影響電源，索性有次下令全面罷市。現代人的奔忙，便因「冰封」而遲緩侷促了。

總在那樣的日子，意興闌珊。依窗佇望間，但感清寂冷絕。覆蓋在草坪街道上的冰雪，被房舍車輪的線條割裂，白帛帛的天幕，也因喬柯枯椏而截破。我的視界，拼不出白茫茫的縞素天地來。只有用心思從冰雪的裂隙斷痕中去馳想。

奇怪的是，只要一馳想，就會想到臺北的大崙山，山上的華梵學院，學院中的薈萃大樓，大樓中我住了兩星期的招待室。當然還有客廳大窗外無盡的山霧和雲天。

那是去年十二月中旬，我結束大學課務後，便匆匆束裝東行。此行是在國科會的資助下，為華梵東方人文思想研究所，去作為期兩週的文學講座。我該講些什麼呢？儘管，我早已設計了一系列的課題。不過在思想上，我對下一代的中國青年，能夠有怎樣的啟發和點悟？我不免在心情上覺得道遠而任重。

飛程中，我一再尋索自身的經驗累積——我在西方社會中種種的生活閱歷、我對古文明淪為廢墟的慼嘆和憑弔、我對古族裔受異族統治歧視所成處境的不平與慼傷……走遍了天涯海角，經過了千慼百慨，每一捫心反觀，總不禁興起一份自身文化的尊榮慼。也許，就是由這尊榮慼所形成的精神宏基，使我不至於在這價值混淆失衡的世界裡失落，也始終保持自身的文化資質。假如……假如我能傳達這份慼受中的信息，我就該預期，一個濡染薰陶於中國文化智慧中的現代青年，不會在物潮金潮沖捲氾濫中，成為肉身包裝的生命商品——一個自我推銷的唯利主義者。

山中聽雨

東行的飛程中，時間是由白晝進入另一個白晝。西方日落時，東方的太陽卻升起了。我是迎向東方的世紀黎明麼?我想著海外的許多中國知識分子所懷抱的懇切期望——我們千難萬劫的神州，終將穿出世紀的黑暗長夜。

到達桃園機場時已是晚上了，下著濛濛小雨。接我的仁眷和司機陳先生告訴我，我來的時分不很巧，正逢寒流來臨，臺北一帶冷索陰濕，他們問我可帶夠了禦寒的冬衣?

車子過石碇後，開始往山路蜿蜒上行。車燈映照中，路邊的白色蘆葦，透過迷茫雨霧沿途搖曳，恍然起舞的山靈。看來，大崙山上的冬寒平時恰似秋涼，在美東的維州，我家附近的蘆葦早已被霜雪摧折了。

行近華梵校區，漆黑的山坳間，映現出燈火通明的樓館，在暗夜無邊的空寂中，看來有如空中殿閣。忽然聯想起《華嚴經》中「入法界品」的彌勒寶殿。殿中的智照，光光相映，閃耀生輝。學府，不就是人類文明的智照寶殿麼?我來，原只為參與這個寶殿世界，擎舉心光一點，引光光於互映交輝。文明，原就是心智間和光同照而徹幽微的結果。

思索間，車子已來到薈萃樓前，這三層樓的大廈，就是人文學院的所在，東方思想研究所處於二樓。為了我教學方便，校方特將設於一樓右側的招待所，作為我的下榻處。工作人員和學生晚間離去後，這偌大巍樓，就由我獨守。整頓梳洗後，熄燈就寢。躺在厚厚重重的棉被裡，竟是毫無睡意。儘管山中的夜已然深沈，而我體內意識中的時間，正當美東的清晨。不免興感：科技的迅捷，搬運了我的身軀，卻無法轉換我最低層次的心理現象——時差適應感。我那一萬八千里的空間跟斗，還沒有翻出小小寸心。窗外，雨聲潺潺，室內潮冷而黑暗。夜，在我輾轉不寐中，愈來愈像我那件脫下來的黑裯衫，反覆在雨中搓洗，洗啊洗的，終於洗得泛白了。

那晚，我就是那樣臥聽山雨，直到天明。

雨中山行

臥室前的會客廳很大，一列明窗空對遠山。頭幾天，我拂曉即起，拉開帘幕，總見雲低霧重。視線所及，只能見到隔路坡地的蘆葦和叢藪。路邊幾株茶花，在霧芒中隱約出點點微紅，像是寒流驟來，落霞未及收拾的殘焰。

有一次清晨，我沏茶後，握杯來到窗前，窗外，霧是那樣重，茶花蘆葦都不見了，只有一棵喬木撐出濃霧，綠色的枝梢浮在白霧上飄搖。凝眸久望，樹何曾搖？是天搖、地搖、心搖。我忘了手中的熱杯，也忘了身後的廳室，但感凌空立虛，遺世欲去。

寒流去後，另一個寒流接踵來臨。週末無課，也一時沒有訪客，我趁空做了些雜事，來到客廳，隨手從書架上取下一本曉雲法師所著：《禪詩禪師》。踱到窗畔書桌邊，打算伏案專心讀詩。可是，打開書冊一翻，就翻到藕益禪師的〈雨窗〉詩，讀到「卻喜空山布法雲」一句，便又起身立窗，看寒雨瀟瀟斜灑。路那頭，有人撐著傘低首急行，行近，走過，消失了蹤影。留下一片寂寥，罩著雨中的路、坡下的心鏡湖、湖邊垂垂的蒿草。湖上那彎木橋，映出水中浸失了色彩的虹拱。不想去讀書中的詩了，想去走雨中山路曲折中的詩意，可那一片風寒，又怎生禁得？

正遲疑間，蓮華佛苑的修慈師，遣弟子淑華送來一件出家人禦寒用的厚呢絨斗篷，說是修慈師見我衣薄型弱，怕我外出時受涼。我大感驚詫，她怎麼知道我正想著外出山行事呢？迷信的人怕不免要將此巧合，說成什麼神異靈通了。我接過斗篷，感動之餘，另有領略和會悟。佛家主「無我」，無我則矜人。因而體恤入微，推愛及時。我之經受風寒，便也如她之經受風寒，「大悲同體」，推而廣之，世間那會有殺戮爭戰？

我披上斗篷，撐開雨傘，滿心歡喜地出門而去。就近取步三友道而上，石階因久未有人行走，加上冬寒雨濕，蘚綠苔滑。我必須時忽攀樹扶岩，危行慢步。半途中，靜立小憩，雨從傘緣滴到腳邊青苔上，雨也從樹梢透滴松針和竹葉，滴滴滴，滴成漫山寒翠。

在後山繞了一圈，走上大崙峰頂處，才知雨早已停了。山谷開始雲霧繚繞，收傘佇觀，山風勁掃中，斗篷護身輕暖，心中迴響出藕益禪師的那句詩：「卻喜空山布法雲」，恰似眼底實景。人間世，契緣如此，能不驚異？

——一九九四年三月十五日美國《世界日報》副刊

春去有痕

四月，華府區的櫻花節一過，四面八方來湊熱鬧的花客，便倏然跡杳聲滅。

節後的第二天，久晴風軟的天氣，忽然變了，在花節喧嘩後的冷清中，添了幾分料峭。

翹首眺空，絲絲斜雨，重複地寫著我心中的歉意。朋友譚煥瑛老早就約我去看櫻花。我卻執意要等櫻花節過後再去。原因是，節前花客簇湧，摩肩接踵，像去趕「秀」。人潮淹花容，那能賞花呢？可這一場春雨瀟瀟，花落又知多少？

那是星期一清早，我們來到櫻花樹環繞的傑斐遜湖畔。但見人跡寥寥，花容瘦了。沿湖漫步閒談，索索湖風，掠髮、拂衣、撼樹，一時，落英如飄絮，綴在髮間衣襟。真像是「落花有意」，要為我們逝去的青春，妝點出幾分燦麗。

儘管滿眼「繁花」，繽紛裏全是淒涼意，想起《紅樓夢》裏黛玉的葬花詩：「花謝花飛飛滿天，紅消香斷有誰憐？」人間事，莫非如此，人潮湧處，都為美景良辰，而「花筵」散了，誰來憑弔？

而我們來，憐花惜花，卻非黛玉式的苦吟悲命。嬌小的煥瑛，曾經叱咤商界一時，又擔任過華府區中文報的編輯。然後，一轉身，她又成為地產貸款的經紀人。我沒她那麼大的本領，卻也執教寫作，獨立獨行。不過，放在時代中來著眼，女性的不同能力施展，不算稀奇。稀奇的，是我們在奔忙之外，有心捕捉生活閑情，來調適提昇塵沼輾轉的滯塞心靈。

一剎沉默尋思，才惕然覺察，日前春雨濕塵，落英沾地。而我們，不經意地談談說說，行行踱踱，一路踩著的，原是長堤一帛「櫻花錦」。

在花樹間攝影拍照時，見老樹巨幹的虬結間，長出嫩枝新花，嬌鮮對照蒼勁，比起枝梢春榮，更足令人一晌凝眸。而春榮隨風，飄零漸減，樹間綠茵地上，這裏那裏，落紅積寸成冢。附身握起一把，柔潤中帶著幾分血肉般的溫軟，心裏一陣驚撼，聯想起古老的埃及神話：掌大地耕作生長之神奧斯瑞斯(Osiris)的慘厲死亡（神話之一種）。

遠古埃及，當時在奧斯瑞斯的統治下，教民穡稼耕種，足食豐衣。兄弟泰方(Typhon)陰謀篡位，設計斬殺奧斯瑞斯，分屍而成十四塊淋漓血肉，散棄各地。奧斯瑞斯的忠心妻子伊息絲(Isis)遍地尋屍埋葬，奧斯瑞斯靈魂聚斂復甦，成為地府之王，繼續助長萬物甦榮。奧斯瑞斯的慘死和復甦，是世界各地嘉年華會扮鬼裝怪的節慶由來和傳衍。美國的萬聖節，也是另一種延伸轉變。

摧殘和死亡扣連著生長和狂歡，這是人間世文明層層剝繭抽絲還歸原始的真相。不過，中國人更聰明，將神話的累贅慘厲，點化而成太極圖的抽象和簡淨。陰（摧殘死亡……）中含陽（復甦生長……），陽中蘊陰，互為周轉消長（太極圖的黑白曲分中、黑中有白點，白中有黑點。即是互促消長的種源）。中國人的宇宙觀中，永恒不是靜態的冷硬情狀，而是生生滅滅的動態圓滿——沒有末日和盡頭的持續與均衡。

那樣一想時，心就平了。抬望眼，穹蒼無限，我舉臂伸掌，任落英隨風，飛成繁華滿目。終於走到了湖堤盡處。堤的上方，是架空而越的橋路。路上交通，車水馬龍。我們在橋蔭下閑立眺水。忽見水上落花間，赫然有魚屍同浮。再仔細沿堤望去，堤畔水際，遠遠近近，全是花魂伴魚屍。至此，真是「春色不堪看」了。

多年前，只要驅車偶經橋路進城，總可見湖堤上有閑坐垂釣的人。如今，顯然地，湖水已然極度污染，魚不聊生了。漫想科技的力量，已過於助益功能，在不能持平均衡的狀態中，豈止是自然界動、植物種源的逐漸滅滅？水、土、空氣，也都在掙扎中。一條河流的水如果死去（如紐約的Hudson河），水族不存。一塊土地的生機滅盡（如化肥蟲藥使用過量後，土地積弱而荒），穀物不生（據環保署的報導，不能生長農作物的土地，日漸增加）。如果大氣層最後也死去呢?還有所謂季候天時麼?

中國人早就知道,生命如網,交連互繫,《易經》八卦中的每一卦,都是一種自然現象,由人與宇宙自然間的相互關係,來占卜預察人世的興亡盛衰。天、地、人,共為「三才」同為孳育創建的力量,鼎足而三,支撐起生生不息的永恒世界。失「衡」,也就是失「恒」。

橋蔭阻擋了風寒,卻因而聞到了水中的污臭。嘆息著,我們沿堤回行。一路眼底,花魂魚屍。腳下步步踩著的,依舊是來時路,而感慨代替了意興,沾塵貼地的花瓣,就無法看作錦綉,看到的是血漬點點,春天的傷痕。

——一九九四年五月十三日《臺灣日報》副刊

說山中話

小引

一句彌陀
說山中話
六月松風
人間無價

不知什麼時候、在什麼書裡讀到那四句詩，無意中就默誦背下。誰寫的？不記得了，所以列舉於此，無非憶誦之際，意動心馳。筆興所之，想追述山中去夏。去夏，我也曾一度體認，無價人間。

山，是臺北石碇的大崙山。

間，是大崙山上的華梵學院。

所以山間數日閑居，因於學院董事會的改選，我被提名選定，也就有了一往一返的緣起。這，並不重要，不過為了引出下文的「山中話」，交待一個因端。

蝴蝶

山中日子，正當臺北暑燠盛熾。我因時空倒轉，每天一大早就起身。沏一杯大崙山的綠茶，帶幾片餅乾，由薈萃樓住處出門，左轉下行「大學之道」，然後緣新建的行政大樓旁的石級上行，來到「菩提大道」，駐足道邊小歇，「獅柱」（華梵標誌）所在的景觀建築，倏然矗現眼前。拱門兩側，已嵌上墨書對聯。隔道觀讀：盛德莊嚴耀四方，昂藏高豎獅子王。

越大道，入拱門，級級上行，一抬眼，宏柱頂的獅子頭便在另一階的建築上探首。建築橫牆有匾，上書「功德亭」。左右有石級，循行轉折再上，就來至獅柱所立的千人廣場。廣場邊砌豎花圃，綠葉紅卉，襯著遠巒遙天，鮮妍斑麗。斑妍中更雜耀著蝶翼的繽紛。一大早，大崙山的蝴蝶就忙著扇翼採蜜了。

廣場右側緣山，圃階沿坡砌建，長短不等，愈高愈為短窄。在廣場背山的高牆處，形成一截短圃，尚未種植，恰好供我靠牆席階，成為高高在上的「天椅」。我就那樣一坐四覽。近觀花蝶、遠望青山，喝早茶，吃餅乾。有時候，心閑意懶，茶杯放在一邊，餅乾夾在指間，曉天清氣，晨巒雲影，足以作我餐飲。

眼前不斷飛過彩蝶，有的白中帶黃，有的褐翼鑲白，有的黑中閃出寶藍，有的全翅點紅圈緣，全都讓我驚艷，也全都無以名之。有時，一轉首，山徑枯草忽然燦然開花，仔細看，原來清一色橘紅群蝶在草葉上展掛！

也有時，偶一抬首，蝶翼遮眼。一條凝眸，眶住晴空，看牠一個勁兒翩飛，竟然擔起心來，怕牠一不小心，扇破了眼中藍天！

每天，我喝完早茶，也飲盡一個清晨。

清晨山中的採蜜蝴蝶

山鳥

前年，我初住大崙山，居於統理館的頂樓。那時，我有心於佛學研讀。可是讀著讀著，就不免大疑大惑。禪關策進的修煉境界中，心如木石，心無動搖，敏感如我，如何做到？不覺自起哀矜，就時時立窗觀眺。「悲」「智」雙運，是宗教性的菩薩行（助度輔益眾生），而觸物生心，卻是文學性的凡情。這分凡情也就是文學創作的潛力。如何可去？

那年，我窗畔觀望，曾見白鷺單飛，心生愛憐，也曾見雙鷹嬉戲，而竟心悅神馳。今年，我山間獨坐，忽見白鷺成三，一字飛遠。也見雙鷹成三，呼喝上下。這四圍山色，長林茂野，鷺鳥原有家，黑鷹也有家，一家一家，人間無價！我的心潮，翻捲而成旋渦，一渦一渦地開散遠揚，覆沒了大崙晴巒。

大崙山中，不僅重見黑鷹和白鷺，還見到兩種山林新客。

有個早晨，茶後拎著杯子山行，來到大崙頂的松坪。坐在石凳上閑眺。忽見蘆草幌搖，間有微音細噪。就近前細察，幌動蘆草的，原是一種身型極小的鳥，橘紅的嘴喙，白色的腹羽，檸檬色的背翼。飛躍鳴唱，此起彼落。沒見過那樣的鳥，姑且名為檸檬雀。

另一個早晨，大崙山裡，竟然邂逅兒時舊識——白頭翁。山徑竹林，小鳥唱和有致。尋音而望，枝葉間有鳥，灰黑身羽，頭頂冠白，在竹葉中閃爍如光。見鳥知名，更增驚喜。無價人間，何止因人？更因種種生靈，而人間的色彩，人間的音樂，人間的詩，也不止是人的才藝表達，更是萬象萬物所觸發的心照與回響。

蜘蛛

大崙山的清晨，霧芒調勻林綠，漫天漫地，一片微藍，沁涼中帶著潮潤感，像貼身的絲綢，有點粘滯，卻不捨得曳脫幾乎是奢侈的柔膩。然後，太陽自山後昇起，曉光綻破藍翳，大崙山倏地睜開睡眼，顧盼澄明。

依舊端著我的早茶杯，拾行我的山階步。走過功德亭時，忽見一隻綠色的蜘蛛，在亭簷邊忙著織網。蛛絲是那麼細，細得好像蜘蛛在騰虛往返。我必須側首藉著恰巧的天光角度，才看出映光的網絲。看著、看著，就不免驚異蛛網在結構和設計上的精微細緻。人能織得出那樣的網麼？至少我不能，我必會忘了這條「線」，那個「結」。就像我記住了詩，忘記了名字。人各有性，自然界一切生物又何其不然？各盡本能，各馳才華，才織得起萬事萬物相依生養的世界網。

在浩瀚的宇宙天眼中，人也不過是萬千生命型態的一種。可以視同等小，也可尊同等大。而人間世；文明進展所成的社會組織中，人如果能夠「肉眼」換「天眼」，那麼，人的渺小就不在於職位，人的偉大也不在於銜階。職位卑小如清道夫，生活裡，不可以一日無。盡其職責功能，小中有大。同樣地，才高識卓的人，若能「力，惡其不非於身也，不必為己。」（《禮運．大同篇》語），以無所「得」之心，將「自我」化解為零，運天賦之能於事事物物，精神上就大到足以頂天立地。而個人生存也不過一體。此為大中見小，一芥一塵，莫非世界。

那個清晨，我從綠蜘蛛那裡，體驗一點「善知識」，學會一點謙虛。

泥蛙

大崙山上的華梵學院，飲用的水源，並非來自城市的自來水系統，而是來自大崙山本身的岩穴泉眼，貯蓄成源後，由馬達抽昇而管接校樓，真是不經化學處理的自然礦泉，水質微帶清甜。每天，我梳洗之際，總有一種惜水之情。也聯想著華梵創辦人曉雲法師，當年帶著地質及水利專家；甚地尋源的艱辛。當年，一個將近八十高齡的女法師，本著一份清流教化的宏願，闢徑山行，一日七小時，終於探出水源。大崙山上，才得以矗立出一座巍峨學府，而我，也因而得以數日山居。

大崙山的源泉，依舊潺潺涓涓，而薈萃樓前坡下的心鏡湖，泉眼枯涸，湖面水位極低，水色混濁，水面浮現油油的苔萍。不過，水邊塘泥窪地，卻成了泥蛙的營居。清晨和傍晚，蛙聲咯咯噪耳。我開始好奇起來，想要循聲下坡，去看群蛙「爭鳴」。

一日黃昏，梳洗後換上軟鞋，迎風跨出薈萃大樓，一心一意要去心鏡湖邊看蛙。越路跨石，下坡危行，一面雙手推開蔽徑遮天的蘆草，終於來到湖畔。立岸靜觀，蛙聲喧然，使足眼力循聲而尋，卻始終聞聲而不見影。只好揹著愈來愈沉的夜色，攀坡倖倖而歸。

次晨，天光乍亮，我放棄了山行早茶，逕自來到心鏡湖畔，閃爍的晨光，映出湖水邊岸的涸泥，蛙聲依舊此起彼落，可是蛙呢？忽見褐泥間有白泡鼓動，仔細看，蛙！要不是那鼓出的白腹，實在難以尋出。蛙色竟和涸泥一樣，蛙身較一般青蛙為大，姑名之為泥蛙。

耳中噪著蛙聲，眼中泥巴泥蛙同色。觀聞久久，心裡一動，想起了半首詩。十九世紀美國女詩人愛茉麗狄金遜(Emily Dickinson)的句子，記得中文譯文是這樣的：「做一個名人多可怕，公開得像隻蛙，一整個夏天喚自己的名字，對著一群崇拜你的爛泥巴！」譯者是誰？忘了。後來翻閱整本《狄金遜詩集》，就為找那幾句譯詩的原文，終於找到了，也同樣背下：

How dreary-to be-somebody, How public, like a Frog, To tell one's name, the live long June, to an admiring Bog!"

狄金遜的這幾句詩，放在當前「自我推銷」的社會現實裡，就更鮮活了它的諷諭。不過，心鏡湖畔的天光中，我沉思的倒不是熱中聲名的時人病態，而是蛙在宇宙天地間所特具的功能和象徵。

蛙在中國民間一直被譽為益蟲，中藥中也有以蛙為原料之一的醫方。前幾年，美國衛生總署(N. I. H.)發現蛙身有抗生素的研究報告，曾是新聞報導主題之一。近年來，科學界也提高了蛙在人類生存環境所扮演的警號角色。不同蛙類種元的消失，意味著大氣層及季候變遷的危訊。這就反照出古民族傳統信念中的智慧。南美土著民族以蛙來象徵生命的衍旺。中國西南民族節慶所用的銅鼓，四角坐鎮著蛙的造型，意義相似。

心鏡湖畔蛙的鳴唱，無異山野生機的歌讚。靜觀泥蛙，我也其實觀照了宇宙間的一脈「生生」。

晴雲

在大崙山；無論走到哪裡，都避不開掠眼掀睫的藍天雲影。有一次在住所客廳中午膳，眼眸稍移，一片雲天竟然掛在眼底！

午膳的席位，是客廳正中近窗的玻璃桌邊。原意不過是想面對窗外的山景；一面吃飯，一面「餐秀」，可以將一頓午飯吃得意閑心逸。好像這樣還不夠，吃飯，還想嚼出一點文字「味」。就將隨手放在桌上的書打開。一邊吃，一邊看，忘卻了窗外青秀遠山。吃吃看看想想，一轉睛，有藍天晴雲，在眼底飄移，心裡一驚，怎麼回事？原來，玻璃桌面依藉了窗外晴光，反映出掛窗的天景。玻璃中的晴雲托著面前的飯碟，吃著吃著，就恍然如坐虛空。

不由自主地，想著一則禪話，是這樣的：

當年（七世紀末期）禪師馬祖門下，有個和尚名叫金牛（有這樣俗的法名，可證禪宗的另樹一格），每當打板（寺院清規之一）午飯，就將飯桶置於寶殿門前，笑喊著：「菩薩子吃飯來！」如此二十年，從未間斷。

金牛和尚為什麼要那樣日續月繼地喊呢？禪話中沒有交待。蓮花寶座上的菩薩，花冠纓絡，莊嚴華麗，受人膜拜供奉而已。可那金牛，硬是挺著平常心，吆喝菩薩子下座吃飯。何以故？想必如此：菩薩一語，在梵文中含有「大心凡夫」之意。以其大心中的心量願力，是以度眾生於苦厄。不過，既同為「凡夫」，就一同來吃飯吧！佛教清規中打板所用板，上書「頂天立地」四字。吃飯雖為養身。身養後，心才能養。一個人能吃飯吃得無慚無愧，吃得光明正大，也就可以頂天立地了。

原來，金牛的笑喊，是一種教誨的苦心。蓮座上的菩薩雖已修成正果，可以不吃飯。但經金牛每日一喊，也就日惕防生驕慢。菩薩尚須警惕慢心，何況吃飯的凡夫？日常俗事，若多添誠意和覺惕，也就進一分禪修淨境。

我那一頓飯，不知吃了多久？終於吃去了飯碟下的晴雲。

——一九九五年十月九日《中央日報》副刊

眾生有病

——夜讀《維摩詰經》

認識維摩詰

多年前，我渡海越山，不辭迢遠地去到敦煌。欣見戈壁大漠間的千佛洞（莫高窟），雖歷千劫百竊，光華未滅。

敦煌歸來，我一再回想的，並非那些舉世聞名的佛像彩塑，而是洞窟岩壁連綿的彩繪——歷代以佛經故事為主題的「經變圖」。尤其鮮活縈迴於腦際的，一是描寫西方極樂世界的「淨土變」，二是間忽出現於壁畫中的「凡世人間」。

「淨土變」中的境界——那些飄帶迤邐的飛天、那些華麗莊嚴的寶閣、或者……演奏仙樂、身姿輕捷的「伎樂天」（奏樂舞蹈的天人）……這些，不曾使我神往意馳，也不曾引發心中的迷思。使我認同感撼的，是一幅一幅的畫裏「紅塵」——那些民間節慶婚喪的活動、那些冒險營命的行旅商賈、那些……那些悲歡離合，天災人禍……

於是，我撰寫成篇：〈紅塵與淨土〉（收入《走過千秋》一書中）。慨然感念：「極樂」，我何能成就？而生命，我已然擁有。就投身世界海的駭浪中去吧！甘為世事洶湧中的一小片水花，一閃，回歸眾水的浩瀚。

然後，時光荏苒，心版上繽紛的眾多形象，一一淡褪消散。只有那形貌特出的維摩詰，始終刻印鮮明。不過，我從來就沒去查究推索，維摩詰到底是個什麼神通傢伙？

這些年，我和佛教文化界，間有過從往返，書架上加添了佛經贈冊。只是，日常生活的瑣雜，工作應酬的分心，加上佛經中的術語，理念上的生疏，自認沒有讀經的條件。書架上的經典，只好任其靜列蒙塵。

近兩年來，我開始尋閱有關佛經詮釋或解說的書籍和篇頁。日積月累，也集起不少的思識和智源。然後，因即緣起，我認識了維摩詰。

一個人靜籟寂的深夜，我煩躁無眠。平時本有夜讀的習慣。可那一晚，我不想去看那些費眼力的小字篇章。就往書架邊瀏覽。眼光掠過厚薄大小的群書，盯住了那本字大冊厚裝訂華麗的《維摩詰經》。舉臂取下，竟如寶盒般落入雙掌。盒裝式的封套上有鮮麗的彩繪，赫然就是敦煌壁畫上的維摩詰形象。

燈下，翻開那本經書，疏疏朗朗的大型字體，清晰分明的標點段落，讀來容易，便逐字地讀了下去。讀到〈方便品〉，維摩詰從經文中鮮活了出來。經文中有如下的描寫：

> 他是印度毗耶離大城中的居士，年高、德大、智深，擁有宏厚無比的資財，心量如海，辯才無礙，是毗耶離城疆中人敬人愛的尊長。他率性隨緣，往返於不同的社會階層，上至國王貴族，下至賤民黔首。他又善察不同人物的根性智才，作不同的方便教化。他甚至不忌入於淫舍妓寮，開悟身慾的過錯和後果……總之，他玩世有恭，又能遊戲神通，是佛經中一個突出殊異、輔宣佛義的主角人物。

維摩詰示疾

眾生芸芸，奔忙不已。各就生存的條件，作不同方式的驅使——經營、謀略、傾軋、巧取……始終在沒有方向的塵熱中囫圇輾轉。怎麼辦呢？眾生總歸是眾生。

而一個眾醉獨醒、眾迷獨清的人，本也可以遺世逍遙，做個嘯傲的「超人」。不過，智慧的一面是透悟和超拔，另一面是悲情與負荷。世界上，智士常也是仁人。各以不同的行儀和姿態，擔負起眾生的沉疴。有的，先天下之憂而憂，如范仲淹。有的，堅示原則，躬耕退隱，如陶淵明。有的持之以恒，諄諄教誨，如孔子。……有的，示以身疾，藉而說法，如維摩詰。

維摩詰的示疾，是一種隱喻。他說：「以一切眾生病，是故我病。」而此病，「由大悲起」（〈文殊問疾品〉）。而所以示疾的目的，在於引起問疾。

那樣一個尊嚴、淵博、智慧之人病了，前去問疾表意的，當然不會是汲汲營命的眾生。前往問疾的，一是社會的統治階級，如國王、將相、婆羅門貴族。二是教化修持的典範人物，如代表智慧的佛弟子文殊。

維摩詰是一個極為慧黠之人，他懂得，一種價值理想的流貫，或者，一種思想理念的濡染，是由上而下達，由高而低展，要轉化點悟的，是眾生仰依的統治者和導化者。於是，「維摩詰因以身疾，廣為說法」（〈方便品〉）。

維摩詰於病榻上，說了些什麼法呢？

面對那些備受敬畏供養的權貴人士，維摩詰直指其身；無異眾生：

「……是身如泡，不得久立……是身如芭蕉，中無有堅……是身如浮雲，須臾變滅……」，「如此身，明智者所不怙」（〈方便品〉。怙：依恃信靠意）。

身尚不可「怙」，又何況身外之物？那麼弄權、恃勢、矜奢、邀譽……何異愚行？用佛智來觀照，生命，不管處怎樣的優勢幸境，也一樣是「因」（如種子的起因）「緣」（如日光雨露的條件）互合而成的暫相，如泡如雲，剎那變易。維摩詰進言：「此可患厭」。

將那些權貴人士所樂有依執的，都明明白白，無忌無諱地點破化空了，維摩詰才提出一個價值理念，那就是：「當樂佛身……佛身者，即法身也。」（〈方便品〉）

法身又是什麼呢？在佛學的概念裏，就是「真如」——一種崇高純淨的心靈境界。用哲學的概念來解釋，「法身」是「代表最高價值標準……就是最高理性的圓滿具現」（此方東美大哲之言）。而到達那樣的境界和圓滿之前，是漫長的人格修煉勵進的過程。這過程中的步序，維摩詰作了種種提示。如慈悲、布施、持戒、柔和、智慧、精進（進學求知）……還有「不放逸」、「斷不善」等等。總而言之，都在於將小我的囹圄，擴充為大我的高闊。

這樣一來，「我既調伏，亦當調伏一切眾生。」（〈文殊問疾品〉）。歷史上，盛世之治，是因為有明主，而繫危世於不墜，是因為有仁人。假如希特勒能慈悲柔和，假如毛澤東有智慧戒心，世界蒼生何至歷盡蹂躪和瘡痍？

等待維摩詰

維摩詰的梵文是Vimalakirta譯意為「淨名」或「無垢稱」。經注中解為：「五欲超然無染，清名遐布。」

唐代詩人王維字摩詰，合而成「維摩詰」。想是屬意涵義中的清淨意境。王維晚年退隱山林，靜修佛理，必也認同了維摩詰的居士身分。

雖然，詩人重其淨名，畫人卻寫其「病」容。維摩詰畫像從晉代顧愷之就開始了，直下明清，歷代不絕。這和《維摩詰經》流傳之廣不無關連。但更重要的；可能還是畫家藉維摩詰的形象，來勾繪時代處境的「面目」。

畫史上所載繪維摩詰像的畫家很多，但傳世的畫幅卻很少。顧愷之所繪維摩詰像，也只能從記載中聊供想像。記載中是這樣描寫的：「……有清羸示病之容，隱几忘言之狀」。「清羸」和「隱几」二詞，已將一個印度富貴長者的形貌脫胎換骨，成為一個中國式的憂世高人，寫照出魏晉年代亂世的無奈。

我在敦煌所見的維摩詰壁畫圖像，是唐代繪作。畫中的維摩詰，去鞋坐榻，綰巾垂肩，袍褸折疊，持扇傾身，奮眉張目，一副告誡熱切，雄辯滔滔之貌，哪來病容？無意中反映出唐代外向陽剛的審美觀。不過，不管什麼時代，都不免它的時代病，也都有智士仁人，振詞警世。

前些時，在車房堆放舊物的木架上，無意中翻出一本一九八一年十二月份的《明報月刊》，隨手翻閱，翻到一篇殷海光先生的遺作：〈我們守住那一層樓？〉一開始，他就點出一個是非、善惡、榮辱觀念顛倒的時代病態。接著叨叨絮絮論述病情。最後，揭開那個時代的病態面目：

……講品格，成為嘲笑的資料。說真話，是到墳墓之路。講義氣，正好被人當傻子。撒謊，變成如呼吸新鮮空氣一樣輕鬆的事……講氣節，只有與餓鬼為鄰。重理想，必須與幽靈為伍……

字裏行間，殷先生的痛心疾首固可想見，但他並未指出有何出路可通。扔下的只是一個問題：「我們要守住那一層樓方不負此生？」可是，如果人文價值全然崩傾、為人理念混淆模稜，放眼只是功利主義的龐然「怪屋」，我們又哪有「層樓」可守？哪有精神位格可辨？

我們需要一個維摩詰！

因為，他能為眾生「病」況，點出病因病本。

「……又此病起，皆因著我。」

「……何謂病本，謂有攀援。」〈文殊問疾品〉

「著我」的粗淺解釋，就是以主觀的「自我」，在褊狹、無知、貪欲中，營造以「我」為中心的生存。在這樣生存的途徑中，當然不會「講品格」、「講義氣」、或者「重理想」。「攀援」又指什麼呢？社會風尚裏，眾所求索、依援的諸型外境，如利祿、如浮名、如「名牌」、如口號……都是。

針對這種病因病本，維摩詰開出兩帖醫方：

帖一：「除我想」。

帖二：「無所得」。〈文殊問疾品〉

不過，這簡單二帖，卻非人人可授，維摩詰所授的對象，只是代表最高智慧的文殊。智慧的心靈，是悟理之源，涓涓衍化流濫，終會廣為濡染。

中國民間的文殊菩薩塑像，是一個騎青獅，持寶劍的典型神明。青獅象徵精神上的勇往超進。寶劍呢？當然是指藉以斬伐私慾的毅力。這個代表智慧總和的「菩薩相」，普而化之，就是現代名詞所指的「知識份子」。「除我想」；則放眼天下為他人想。「無所得」；則運情四海助益蒼生。成就一個光明、博大、高貴的精神人格。而當今之世，如殷海光先生所見，「知識份子」也一樣「病」了。

維摩詰現身說法的毗耶離城邦，早已不知去向。留下《維摩詰經》，繼續傳衍梵音（註）。梵音起處，消息有二：

維摩詰出現於世，是一大因由：「……生不淨佛土，為化眾生」（見〈阿閦佛品〉）。紅塵不淨土，原是「佛種源生地。」所以：「煩惱泥中乃有眾生起佛法耳。」（〈佛道品〉）。化證於眾生的，就是那一線自我救贖的冥冥生機——如淨蓮透撐污泥。

維摩詰出現於世，也是一大神話：「佛告舍利弗：有國名妙喜……是維摩詰於彼國沒而來生此。」見〈阿閦佛品〉）。處身於當前沒有神秘、崇高、嚮往的科技網世界裏，我們需要神話，也就不妨相信，滅世後的維摩詰，又重返妙喜國去了。而且，也不妨相信，在這眾生有病的沉疴現狀中，維摩詰會再次來生此世。
我們等待維摩詰。

——一九九五年十一月二十四、二十五日美國《世界日報》副刊
——一九九六年一月十八日《臺灣日報》副刊

註：《維摩詰經》為五胡十六國時代（三一六—四三九年）姚秦鳩摩羅什所譯，流傳最廣，也就是我夜讀的譯本。此外還有三國時代吳支謙譯《淨名經》，及唐玄奘所譯《無垢稱經》。《維摩詰經》屬大乘佛學般若經系統（論智慧之學）的一小部分。唐玄奘所譯《般若經》共六百卷。

程明琤其人其文

馬瑩君

看程明琤的文字，只覺雅潔典麗，彷如晶瑩剔透、玲瓏有致的藝術品，令人忍不住要品味再三。等見到程明琤的人，方才發覺，她真是人如其文，風格如一純淨，優雅美麗，舉手投足之間，自是大家風範；氣度泱泱，卻又流利自然。

慕程明琤的名，已是十餘年前的往事，從舒坦那兒。十年前，程明琤來臺，與她緣慳一面，一晃眼，時序輪轉九個年頭以後，卻到去年年初，才在大崙山華梵學院與她會面。這一次，是程明琤帶舒坦和我拜望曉雲法師。還記得我們會面的那一刻，相隔數步，才一照眼，我立刻被她高雅的氣質給懾住了，我們彼此端詳，霎時，彷如時空凝止，過了一會兒，方入室話敘。

十幾年前讀她的散文，只覺她的文字有大晏那種「梨花院落溶溶月，柳絮池塘淡淡風」的從容氣派，覺得它好，卻未能深體程明琤一貫體會生命人世的用心。這一次，等見到她的人，我也已經又多閱歷了十餘年的人世，再看她的文章，終而有了更深刻的體悟。眼見程明瑒的行事為人以及字裡行間流露出的胸襟情懷，是會讓人感動的。

程明瑒身材高䠷、人很「苗條」，容貌「清」麗，很美。我所以強調這個「清」字，實也是有感而發，那是她的人和她的文章給我的一個強烈印象，她性靈的美善、人格的清正，竟透過她的形貌氣質乃至文字，一一彰顯於外。我曾訝異於程明瑒的「苗條」，待她的文章看多，終恍然大悟，想到《心虹》中畫家謝里法形容程明瑒看畫時的神情：「……還記得她留著很長的頭髮，一雙大眼睛緊盯住牆上畫作，只看畫不看人，我遠遠望著她的背影，心裡在想，這麼一位小姐究竟從什麼角度在看我的畫？七年後，他們（和她先生羅平章）從美國到法國來拜訪我在巴黎的畫室，她的樣子沒變，仍然是長頭髮大眼睛，蹲在地板上一張張翻閱我的水彩畫近作，看得十分認真，偶爾發出一兩句評語……」程明瑒的「認真」，程明瑒對經歷過身邊事事物物的「照眼入心」，「用心」觀察體悟層面之深之廣，令人讚嘆，我在讀她的作品時，一再一再被她「心覺敏銳」驚得咋舌起來。所以，她的清、她的瘦，也就不難尋索背後成因。

其實，我只能用「苗條」形容程明瑒，而不能說她「瘦」，她的形貌其實是「癯而實腴的」——一種「清腴」，美麗的五官，細緻的皮膚，到她這樣的年歲，在臉上依然呈現出一份潤澤來。再配合上那一頭婉然流瀉、烏黑油亮的長髮，簡直又把我「驚」住了，那一頭「烏雲」的秀麗油潤烏黑，是會讓男人愛死，女人羨死的。它好不只好在烏黑油潤而已，它還好在髮量多得恰好，更好在它的蜿蜒自然流瀉，幾個波弧下來，並非筆直平板的平鋪直下，然後只在後頸處，簡潔的綰住，就越發靈秀可人。那一天我從她的背影，不只一次偷偷欣賞讚嘆著，想起一個看過不知是真是假的故事：一個國王，有個寵妃，妃子很美，尤其讓人稱羨的是她那一頭烏黑秀髮，竟讓皇后妒煞，趁她睡覺時一剪剪掉了她美麗的頭髮。後來，我和舒坦從山上下來，才又印證起我早已耳聞卻一時遺忘的軼事——當年有一傳說，臺大有三美，葉嘉瑩教授吟詩的聲音，林文月走路的姿態，以及程明琤的秀髮。

其實，我這麼說程明琤，是不符她本人意願的，程明琤的視野心觀，是早就超越了執著個人形貌的美醜了，我看她的人她的文，另一驚詫的地方是她不自炫、不驕矜、亦不自憐，這在文人中，又屬少見，她所以能有大家氣勢、大家風範，和她見多識廣，行事為人一脈懇懇款款，自然真誠有關。

程明琤如何涵融陶冶自己的心觀視野，這在她的文章中可見出端倪——《長江的憂鬱》中，一上來第一篇文章〈飛越安樂窩〉，她就說：「一個人心志思想上的局限，和生活境界上的局限，不無關聯。雖然說，現代『秀才』，能運天下於股掌，就像將世界收縮到螢光幕的方寸間，何事不知？只是，小天下時，窺覷紅塵的『心眼』也就小了。」「要放眼，就得飛越自己的門檻。」《心虹》中，她在評論攝影藝術家梅潑托普的作品時，曾經這樣說：「作為一個藝術家——攝影家也好，繪畫家也好，又不止於對作品創造的『完美』上，也在於心靈的擴大和完美。從人間萬物剪裁提煉的創作過程中，一個攝影家（或畫家），也經歷、感受、觀照到作品以外的種種生命現象，從而促進心靈心智的深闊，成為一個獨特、鮮明、可愛的『人』……」

至於她對王勃才情胸壑的讚嘆，就更不用說了，《長江的憂鬱》裡〈滕王高閣臨江渚〉一文中提到，王勃少年得志，六歲能文，九歲能詩，十四歲入府修撰，後因私藏殺官奴的兇手，被判死刑入獄，幸逢大赦不死，卻株連老父被放逐南海交趾。寫〈滕王閣序〉一文時，王勃已歷盡無常禍福，人生百般況味嘗盡。在感時、悟命、懷親的心情下，「放開得失、盡釋才華。筆意所至，宇宙、歷史、社會、人生……縱橫揮灑。〈滕王閣序〉千古佳文於焉傳世。」程明琤因此感嘆道：「王勃在文中所顯示的感受深度和思想幅度，都不是現今同齡人可比……，不能不感嘆：現代交通的方便迅速，擴大了視覺的空間領域，卻縮小了心觀的宇宙乾坤。現代人捷訊速行，繁富了見聞，卻貧弱了慧悟。今人、古人，得耶？失耶？」

從這樣的觀點看來，無怪乎程明琤筆下，是奔放遼闊的時空，不管她穿雲渡海、跨國橫洲；也不論她探討的是文化器物、抑或藝術心靈，甚至是一個民族的衰危淪亡，總歸一句，她關懷的，她探討的，是一個適合普遍人類生存的人文環境，而這個環境，不論它的今古中外，亦不論在物質上的進步落伍，經濟的發達與否，價值信仰如何，維持人性的良善與真誠，及人與人的和平共存，是最基本的要求，卻也是最難以做到的。於是從文化層面，又落到人性陶冶問題上，她關懷的，依然是一個普遍存在的人性問題，早就跳脫了個人的小得小失。

記得她在《心虹》中，有兩段文字非常發人深省：「一幅畫，或者一幀攝影，必須經由色彩、照明、角度或剪裁造形，而終於成為『作品』。一座雕塑，也必須透過斧鑿，將原質粗石按照意念而表達成型。然後，在『框裱』和適度『點位』上呈列展現。同樣地，人世本是龐大蕪雜的生命狀態，在文明的演進塑形中，經由宗教、法律、道德的『框限』和『點位』，展現了不同的文化社會典型。」、「……藝術家所以為時代的號角，心靈的指標，是因為他們能夠覺察挖掘一般人『尚未』或『不能』感覺存在的東西。審美原是一種人文素養。生活的本質是粗冷的，生命的原始形態是愚頑的，人在文明演進中，創造了文化的各種形態——禮儀、倫常、節俗、裝飾（包括藝術）……因而美化了生活、莊嚴了生命。世界原本就不美麗，透過人文的調理塑造才能使世界在領略和創造中成為美麗。……」（見她評論梅潑托普二文中）

近幾年，我文學性的作品看得少了，倒是因為研究「新時代」的東西，以致對人的信念、心靈作用如何操控影響我們的言行舉止，甚或因果牽連、運命際遇、人際關係等等，有較深的體悟，常常覺得我們如果能夠尊重每一個個人，並設法誘發、導引出自己及別人的更高善的一面，至少先換來自己內心的和諧寧靜與清安，也會促發實現一個群體中人人各安其分的局面，雖是理想，很不容易，卻值得去做。

事實上，我們每一個人，不管學的是什麼，什麼出生背景，從生到死這一段歲月，就是我們無窮盡學習、磨練、經驗、成長的時間，今生今世，我們每一個人「雕塑」自己，雕塑自己這件作品，氣質、涵養、胸襟、氣度、舉手、投足、言行、舉止、我們的人品、我們的格調、我們的格局，全都匯聚成一件藝術作品，是麤陋是精美，全看自己如何來「塑造」，如何來「成全」。

而程明琤所關心的，就正是這種雕塑自己。「框限」「點位」的過程與方法，她透過觀察不同的文化文明，不同的時空所呈現的人文、器物、景觀、生活狀況，來省思普遍人性的「適切」性。當然，很讓我們感到安慰的，是程明琤在一再的觀察比較之後，還是肯定中華文化的博大精深，而很重要的一點，那是源自中國人心量氣度的寬闊深厚，不但滋養了別的民族，更涵融壯闊了自己。

相對的，比比那些器量狹小，唯我是尊的民族，所到之處，帶來的往往是掠奪與殺戮；毀人家園、滅人社稷、斷人生機、絕人文化，而給自己招來的，亦不過只是生吞活剝之後財（勢）大氣粗的粗陋心靈與生活而已。為此，程明琤就一再的為一個文化的殘亡、一個民族的衰危或絕滅、一個卑微貧困的家庭以至個人，駐足、太息、垂淚，而後把她的觀察與省思，發之為文，不但是擲地有聲，尤其引人深思。

程明琤自己生活的景況應該是不錯的，安定而優渥，可是她卻不願只安享這一份平靜，而一再堅持到世界各地遊歷、觀照、省思，一方面「深闊」她自己的心靈心智，另方面透過她的作品與呼籲，也達到「針刺」、「提昇」讀者心靈與社會的功能。她這麼做，讓我想起捨棄宮廷富貴生活的佛陀，卻深入人世，體驗肉軀生老病死的苦痛，終而成就一個偉大的「性靈」，達到性靈極致的高標。程明琤當然不是佛陀，她啟發靈性明覺的媒介是人文的陶冶與省思，並不透過「宗教」這一「法門」，而這樣的價值信仰，是一般人容易信服接受的，也是我們世間凡人無論個人或群體在心性冶鍊與創造生存環境上，較好較易接駁的立足點與著力點。

而程明琤在透過這些人文的省思之後，對於很多人世現象有了深刻而明確的看法，內涵的豐盈富厚、思想見解的明確正大，不但使她自己「成為一個獨特、鮮明、可愛的『人』」。

她敏銳心覺所覺察呼籲的事情，更是可以喚醒我們沈睡的心靈。說到這一點，我們就不能不讚嘆她知性理性兼而有之的筆力了。

我這麼說，絕不否定程明琤感性的一面，程明琤的感性，是一種悲憫，極為「敏銳」，她的關顧面之深廣已如前述，而她在遇到別人苦難時的「感同身受」以及即刻的「將心比心」，令人感動。而這種感性，自然也就跳脫了一般人對自身遭遇的一種自傷自憐。唯其因為她有如此敏銳的感性，才能見人所未見，發人所未發。而她功力深厚的地方是在文字的表達上，析理的能力夾雜知性的見聞，融合上內外交感——她的這種內外交感，外鏡（境）與內心之間的流轉，已「自然」到「交融」的地步。由於程明琤是藉遊記寫人文省思，面臨名山大川、天地毓秀，她的筆下功夫，真是好得沒話說，那種描景能力，帶領著我們的視線，簡直像是攝影鏡頭引我們身歷其境一樣。讀她的文字，是要細細品味的。

這裡且引幾段文字作為欣賞——《長江的憂鬱》中，程明琤寫「伊掛湫」瀑布：「將近斷崖『咽喉』時，晴光中開始拋『雨』，愈前行，微『雨』漸成大『雨』，等到來到窄橋盡頭的觀瀑臺時，『雨』從四面八方上下而至，濕衣濕髮，竄眼穿袖，視界一時模糊空濛。河水在那倏然斷截的高崖，急速下衝，而崖底巨岩，又將急水逆沖而起，於是大水上下交馳，使那略成弧形的崖口，形成巨大的沸沫漩渦，加上水力交馳中所形成的疾風，將水沫擴散翻飛，蔽日蒙天，人就在那一刻跌入太古洪荒了。」又比如她寫在智利遇到一個印第安吹笛的男孩，「他的臉看來平靜，他的眼神也十分溫醇。而他吹奏出的笛音竟是高揚飛昇的……他沒有痛苦，而痛苦又是什麼？假如沒有仇恨？假如沒有欲望？假如沒有疑懼？假如、假如根本沒有罪惡感？天風、流水、白雲、皓雪、或者，日月星辰……這些意象提示的不是罪惡感，不是痛苦，而是純潔、浩闊、崇高，被這些意象引渡的心靈，必也通往高闊處，不再禁錮於自我的囚獄。」

類此修潔明麗的筆法，在她的作品中到處都是，文字本身的欣賞，對讀者已是一大享受，更何況她文章中透析出的哲理哲思，更是一種深刻的啟發。程明琤在〈松嵐閣的黃昏〉一文中，表達了圓熟的人生智慧，這是《長江的憂鬱》一書中最後一篇文章的結尾，她描寫在好友陳永秀家採甘李之樂：「生命樹上，褪了朱顏與紅粧，我們成熟為果。而我們培育、鍛鍊、累積在人生中的智慧、才華和經驗，一如甜汁果餚，終將奉諸人世，化著心糧。然後……我們赤裸無餘，還歸天地。」

「然後，我們赤裸無餘，還歸天地。」是何等的曠放灑脫，程明琤不再拘執形貌肉體，於此可見。然而，就我所見及，她雖然不刻意拘執，到底是麗質天生，後天又涵養深厚，她把她的人她的文章，冶鍊得如此爐火純青，舉手投足、一言一笑、字裡行間，流露出一致統整的風格，而那個風格，已儼然優雅細緻的藝術精品，渾然真醇，絕無斧鑿痕跡。人如此，文章亦是如此。

——一九九六年七月十九日《臺灣日報》副刊

三民叢刊書目

①邁向已開發國家　孫　震著
②經濟發展啟示錄　于宗先著
③中國文學講話　王更生著
④紅樓夢新解　潘重規著
⑤紅樓夢新辨　潘重規著
⑥自由與權威　周陽山著
⑦勇往直前　石永貴著
・傳播經營札記
⑧細微的一炷香　劉紹銘著
⑨文與情　琦　君著
⑩在我們的時代　周志文著
⑪中央社的故事（上）　周培敬著
・民國二十一年至六十一年
⑫中央社的故事（下）　周培敬著
・民國二十一年至六十一年
⑬梭羅與中國　陳長房著
⑭時代邊緣之聲　龔鵬程著
⑮紅學六十年　潘重規著
⑯解咒與立法　勞思光著
⑰對不起，借過一下　水　晶著
⑱解體分裂的年代　楊　渡著
⑲德國在那裏？（政治、經濟）　郭恆鈺・許琳菲等著
・聯邦德國四十年
⑳德國在那裏？（文化、統一）　郭恆鈺・許琳菲等著
・聯邦德國四十年
㉑浮生九四　蘇雪林著
・雪林回憶錄
㉒海天集　莊信正著
㉓日本式心靈　李永熾著
・文化與社會散論
㉔臺灣文學風貌　李瑞騰著
㉕干儛集　黃翰荻著

㉖作家與作品　謝冰瑩著
㉗冰瑩書信　謝冰瑩著
㉘冰瑩遊記　謝冰瑩著
㉙冰瑩憶往　謝冰瑩著
㉚冰瑩懷舊　謝冰瑩著
㉛與世界文壇對話　鄭樹森著
㉜捉狂下的興嘆　南方朔著
㉝猶記風吹水上鱗　余英時著
・錢穆與現代中國學術
㉞形象與言語　李明明著
・西方現代藝術評論文集
㉟紅學論集　潘重規著
㊱憂鬱與狂熱　孫瑋芒著
㊲黃昏過客　沙究著
㊳帶詩蹺課去　徐望雲著
㊴走出銅像國　龔鵬程著
㊵伴我半世紀的那把琴　鄧昌國著
㊶深層思考與思考深層　劉必榮著
・轉型期國際政治的觀察
㊷瞬間　周志文著
㊸兩岸迷宮遊戲　楊渡著
㊹德國問題與歐洲秩序　彭滂沱著
㊺文學關懷　李瑞騰著
㊻未能忘情　劉紹銘著
㊼發展路上艱難多　孫震著
㊽胡適叢論　周質平著
㊾水與水神　王孝廉著
・中國的民俗與人文
㊿由英雄的人到人的泯滅　金恆杰著
・法國當代文學論集
51重商主義的窘境　賴建誠著
52中國文化與現代變遷　余英時著
53橡溪雜拾　思果著
54統一後的德國　郭恆鈺主編
55愛廬談文學　黃永武著
56南十字星座　呂大明著
57重疊的足跡　韓秀著
58書鄉長短調　黃碧端著
59愛情・仇恨・政治　朱立民著
・漢姆雷特專論及其他

⑥⓪ 蝴蝶球傳奇　顏匯增著
·真實與虛構
⑥① 文化啓示錄　南方朔著
⑥② 日本這個國家　章　陸著
⑥③ 在沉寂與鼎沸之間　黃碧端著
⑥④ 民主與兩岸動向　余英時著
⑥⑤ 靈魂的按摩　劉紹銘著
⑥⑥ 迎向眾聲　向　陽著
·八〇年代臺灣文化情境觀察
⑥⑦ 蛻變中的臺灣經濟　于宗先著
⑥⑧ 從現代到當代　鄭樹森著
⑥⑨ 嚴肅的遊戲　楊錦郁著
·當代文藝訪談錄
⑦⓪ 甜鹹酸梅　向　明著
⑦① 楓　香　黃國彬著
⑦② 日本深層　齊　濤著
⑦③ 美麗的負荷　封德屏著
⑦④ 現代文明的隱者　周陽山著
⑦⑤ 煙火與噴泉　白　靈著

⑦⑥ 七十浮跡　項退結著
·生活體驗與思考
⑦⑦ 永恆的彩虹　小　民著
⑦⑧ 情繫一環　梁錫華著
⑦⑨ 遠山一抹　思　果著
⑧⓪ 尋找希望的星空　呂大明著
⑧① 領養一株雲杉　黃文範著
⑧② 浮世情懷　劉安諾著
⑧③ 天涯長青　趙淑俠著
⑧④ 文學札記　黃國彬著
⑧⑤ 訪草（第一卷）　陳冠學著
⑧⑥ 藍色的斷想　陳冠學著
·孤獨者隨想錄
A·B·C全卷
⑧⑦ 追不回的永恆　彭　歌著
⑧⑧ 紫水晶戒指　小　民著
⑧⑨ 心路的嬉逐　劉延湘著
⑨⓪ 情書外一章　韓　秀著
⑨① 情到深處　簡　宛著
⑨② 父女對話　陳冠學著

⑨③陳冲前傳　嚴歌苓著
⑨④面壁笑人類　祖　慰著
⑨⑤不老的詩心　夏鐵肩著
⑨⑥雲霧之國　合山　究著
⑨⑦北京城不是一天造成的　喜　樂著
⑨⑧兩城憶往　楊孔鑫著
⑨⑨詩情與俠骨　莊　因著
⑩⓪文化脈動　張　錯著
⑩①桑樹下　繆天華著
⑩②牛頓來訪　石家興著
⑩③深情回眸　鮑曉暉著
⑩④新詩補給站　渡　也著
⑩⑤鳳凰遊　李元洛著
⑩⑥文學人語　高大鵬著
⑩⑦養狗政治學　鄭赤琰著
⑩⑧烟　塵　姜　穆著
⑩⑨河　宴　鍾怡雯著
⑪⓪滬上春秋　章念馳著
⑪①愛廬談心事　黃永武著
⑪②吹不散的人影　高大鵬著
⑪③草鞋權貴　嚴歌苓著
⑪④是我們改變了世界　張　放著
⑪⑤夢裡有隻小小船　夏小舟著
⑪⑥狂歡與破碎　林幸謙著
⑪⑦哲學思考漫步　劉述先著
⑪⑧說涼　水　晶著
⑪⑨紅樓鐘聲　王熙元著
⑫⓪寒冬聽天方夜譚　保　真著

⑿ 儒林新誌

周質平 著

本書是旅美普林斯頓大學周質平教授，將其多年在國內外的華文報章上所發表的四十多篇論述雜文結集成冊。書中呈顯出所謂海外學人的千般樣態，嘲諷中不失幽默，值得您細心體會。

⑿ 流水無歸程

白樺 著

大陸知名作家白樺繼《哀莫大於心未死》之後又一本長篇小說。他的書取材是當代的，是改革開放後大陸所面臨的經濟文化與人慾的衝擊。書中的人物如高幹、富商、少女、情婦、歌星等，在金錢的誘惑下，一一呈顯出深沈黑暗而扭曲的人性面。

⑿ 偷窺天國

劉紹銘 著

善人走完了人生路途上天國，會幸福到什麼程度？天國的幸福，會不會只是塵世快樂的延續？在本書作者引領之下偷窺天國的結果，是否會發覺天國的無趣？永恆實在可怕，幸福和快樂如果遙遙無盡期，一樣會變為無聊、乏味。天國，是否就在當下。

⑿ 倒淌河

嚴歌苓 著

屢獲各大報文學首獎的嚴歌苓，繼《陳冲前傳》、《草鞋權貴》後又一本小說新著。內容包括十個短篇及一部中篇〈倒淌河〉。全書無論在寫景、敘事或對話，都極老練辛辣，辣得幾乎教人流出淚來。

125 尋覓畫家步履

陳其茂 著

出國旅行，是許多人心神嚮往的事。而世界各著名的美術、博物館，更是文人雅士們流連佇足之所。與其走馬看花、對大師們的作品僅留浮光掠影，淺嘗輒止；不如隨著畫家陳其茂教授的引領，在其敏銳且情感深致的筆觸下，一起尋覓畫家們的步履。

126 古典與現實之間

杜正勝 著

在古典與現實之間，一幕幕動人心弦的故事正激盪著你我的心。古典的真貌在不斷的探索中漸漸澄澈而透明。而現實的我們且懷著古典的情愫，在史學家杜正勝院士古典新詮的筆下，淺嘗歷史的滋味。

127 釣魚臺畔過客

彭歌 著

北京釣魚臺之盛名，並非全因這片神祕的迎賓貴地，而是在於它的歷史背景。是緣的牽引，將離去故都半世紀的作者引入這神祕的釣魚臺賓館……本書作者以纖細的筆觸，將自己多年飄泊生涯中的聞見感想，一幕幕真實清晰地展現在您眼前。

128 古典到現代

張健 著

涵泳於中國文學數十寒暑而樂此不疲的張健教授，在本書中除用粗筆勾勒歷代文學抽象的思潮外，更以細筆描述陶淵明、杜甫、孟浩然、王國維、魯迅、張愛玲……等文學家具象的風格與作品。篇篇都以作家的詩文為其依據，引領讀者一覽文學之美。

⑫⑨ 帶鞍的鹿

虹影 著

由一幅帶鞍的鹿畫中，牽引出一樁奇異的命案，主角和死者有著什麼樣的糾葛？帶鞍的鹿畫中又暗示了什麼樣的命運？
作者以其深沈的筆調，藉著本書各篇小說，帶領讀者走向人類心靈的深處，去探索深藏於內心的桎梏。

⑬⓪ 人文之旅

葉海煙 著

本書作者以「人鏡」自任，用經世的情、關懷的筆，鏡映出人文百態。全書集結作者對自我、社會和文化等面相的諸多觀察及反思。一字一句，皆為知識分子的圓融智慧與淑世熱忱；一言一語，盡是紛乘社會的暮鼓晨鐘。

⑬① 生肖與童年

小民著
喜樂圖

十二生肖在每個農曆新年來臨時，都為年節的歡樂帶來一股高潮。這些可愛的動物們，為童年的生活增添了無限的趣味。本書紀錄了作者對於十二生肖的情感，和童年難忘的美好時光。加上喜樂先生細膩的插畫，讓生肖與童年的故事，一一鮮活起來。

⑬② 京都一年

林文月 著

京都是一個新舊互容的都市，有著高樓矗立及寬敞的街道，又存有古典風味的低矮木屋與不平的石板路。作者在京都的一年中，品味著這古都對文化保存、人情往來及文藝活動的諸般樣態，藉由她的生花妙筆，使讀者沈湎於京都典雅、優閒的情調。

⑬³ 山水與古典

林文月 著

山水景致，勾起了幾許文人的多愁善感；而古典文學，又蘊含著多少古人的人生情懷。

本書探討著古典作品和詩人之間的關係。筆調輕鬆而不輕浮；題材古典絕不枯燥。且邀您一同進入詩人的筆墨之間，翱遊在山水作品的世界裏。

⑬⁴ 冬天黃昏的風笛

呂大明 著

旅居法國的作者呂大明女士，以其一貫典雅柔美的風格和精致細膩的筆觸，表達出她對生活、自然的樂觀態度。她如詩般的作品，仿如一幅幅精美瑰麗的圖畫，靜靜地訴說著對美好人生理想的浪漫情愫。

⑬⁵ 心靈的花朵

戚宜君 著

本書作者一生從事文化的傳播工作，積累數十年的工作經驗及閱讀習慣，創作出一篇篇詞美意深的勵志散文。除了用以傳達理性的知識和感性的情懷外，並深切期望本書能敲開你的心扉、溫暖你的心靈，進而耕耘你的心田，綻放出美麗的心靈花朵。

⑬⁶ 親戚

韓秀 著

人間真情不分種族國界；世間的溫暖存在每一角落。在有風有雨的日子裡，亦或在恬淡如鏡的歲月中走過，是否有如詩般美麗的故事令人難以忘懷？是否忘了去感激那些曾經陪著你、關懷你的人呢？靜下思慮，就讓韓秀的慈心慧語洗滌你久未感動的心。

⑬⑦ 清詞選講

葉嘉瑩 著

清詞之盛，號稱中興，其作者之多、流派之盛，以及其對詞集之編訂整理，對詞學之探索發揚，種種方面之成就，固已為世所共見。作者以其豐富的文學涵養，旁徵博引地賞析其所鍾愛的清詞，相信定能讓讀者流連忘返於清詞的世界中。

⑬⑧ 迦陵談詞

葉嘉瑩 著

本書為以詩詞涵養享譽國內外的葉嘉瑩教授，繼《迦陵談詩》之後又一精緻力作。從詩歌欣賞入門到分析溫韋馮李四家詞風，兼論晚唐五代時期在意境方面的拓展等，作者以其細膩的詩心，帶領讀者一起感受詞中的有情天地。

⑬⑨ 神樹

鄭義 著

曾以《老井》獲東京影展最佳編劇的作家鄭義，在因八九民運遭當局通緝而流寓異國之後，他以一個村落、一棵「神樹」，具體而微地映現當代中國的重重劫難。形象化的語言，原始潑辣的書寫，在魔幻詭麗的背後，透露出對生命與死亡的真實關懷。

⑭⓪ 琦君說童年

琦君 著

每個人都有童年，不管是苦是樂，回憶起來都是甜美的。善於說故事的琦君，與您一起分享她魂牽夢縈的故鄉與童年。篇篇真摯感人，字裡行間充滿了愛心與情義，在欣賞琦君的散文之餘，更別有一番溫馨感受，是一本老少咸宜的好作品。

⑭ 域外知音

張堂錡 著

本書作者張堂錡先生歷年來針對世界各國知名漢學家進行訪談，透過感性的筆觸，生動的文字敘述，道盡了這群域外知音漢學研究生涯的甘苦，因這一路執著不渝的採拾和耕耘，呈現繽紛絢麗的色彩，並給予中國人新的研究觀點，重新檢視自己的文化。

⑭ 遠方的戰爭

鄭寶娟 著

當地理上應該是遠方的戰爭，而我們已能同步掌握其狀況時，地球村的思維方式已不是口號，而是現實。以更宏大的視野看待這世界，以更深入的態度反省既存的觀念，將曾經事不關己的遠方納入思維，於是你會發現心可以更寬廣，生活也會更豐富。

⑭ 留著記憶・留著光

陳其茂 著

作者的刻畫世界總讓人有無盡想像的空間，又傳遞著溫馨美麗的情感。此書收錄作者生活及其於國外遊歷時所記下的作品，點點滴滴，時而讓人會心一笑，時而讓人溫情滿懷，更有異國風光、園野之美呈現在版畫及真摯的文字裏，值得細細品味。

⑭ 滾滾遼河

紀剛 著

那是個遙遠的年代，那是個古老得近乎神話的故事。大時代的洪流中，上演的是一幕幕民族興亡、兒女情長。今日的人們也許早已淡忘，但歷史永遠不會忘記他們。就讓本書來為你溫習，屬於那個時代的中國人以血淚寫成的不朽傳說。

⑭⑤ 王禎和的小說世界

高全之 著

以〈嫁妝一牛車〉、〈人生歌王〉等小說及劇本著稱於世的王禎和，擅長描繪臺灣社會中的倫常、愛情，以及患難互助的友情，筆觸真實感人，在臺灣文學史上有很重要的地位。本書以專業的分析及討論，帶您進入這位文學巨擘的筆下世界。

⑭⑥ 永恆與現在

劉述先 著

本書為當代思想泰斗劉述先教授，繼《哲學思考漫步》之後又一結集力作。透過文字，讀者不僅可以了解作者如何通過自己的哲學理念去面對當前政治社會的現實；更有甚者，也可在作者哲學思路的引領下，重新思考，再對現實有深一層的體悟。

⑭⑦ 東方・西方

夏小舟 著

東方古老神祕而透徹，溫情而淡漠；西方快樂的吉他演奏悲情的歌。長年浪迹於日本與美國的作者，如同一葉小舟，以其豐富的情感，敏銳地觀察異國生活情趣不同面貌，進而以細膩文筆記錄下來，使讀者能藉由閱讀和其心靈有最深切的契合。

⑭⑧ 嗚咽海

程明琤 著

作者以行世的闊步、觀想的深情，帶領讀者閱歷世界——一同憑弔瑪亞文明的浩劫災難；吟咏廬山的懸松傲柏；繫情塞歌雜亞的夕輝斜映；漫遊唐吉訶德的故鄉。更以人文的關懷，心靈的透悟來探思文化、體驗人生、拓昇智慧。

⑭⑨ 沙發椅的聯想

梅新 著

擔任中副總編輯多年，梅新先生經歷了文化界的春去秋來，看多了人事的起伏，由他敏銳的觀察力所發抒成的文字，也更能扣緊時代脈動。本書包含作家訪談、藝文評論、生活自述，透過這些真摯生動的文字，我們彷彿見到一幅筆觸淡雅的文化群相。

⑮⓪ 資訊爆炸的落塵

徐佳士 著

在日新月異的電動玩具之外，您是否亦曾留意到資訊時代來臨在你我生活中所產生的新情境？在傳播媒體提供的聲光娛樂之餘，您是否關心其後所產生的文化衝擊？本書深入淺出為您剖析資訊社會中大眾傳播激盪下的文化省思，值得您細心體會。

⑮① 沙漠裡的狼

白樺 著

像在冷冽的冬夜裡啜飲著濃烈的茶，感受一種在蒼茫大地上，心海澎湃的震顫。那麼地古老、深沈，剎時間，恍若置身廣闊的大漠，一回首，就是長城。這是金鼎獎作家又一直指人性，內容深刻的作品，請您在一個適合沈思的夜晚，漫步中國。

⑮② 風信子女郎

虹影 著

一本能深刻引起讀者共鳴的小說，其必然與人世現實生活有著緊密的關連。本書作者秉持著對人的命運的關切，遠勝於對以往藝術形式的關注，賦予了文學創作的生命。從本書作者對人物刻劃描述的過程中，可窺知作者對此一理念的堅守。